MONTSE PUCHE

GESCHICHTEN FÜR EINE SCHLAFLOSE NACHT

Geschichten für Deutschlerner

ISBN: 978-84-09-42847-2

»Bücher sind Spiegel der Seele.«
Virginia Woolf

INHALT

Die Pflanze

Das erste Mal sah Peter die Pflanze kurz nach dem Einzug des neuen Nachbarn. Mit nicht geringem Kraftaufwand hatte dieser einen riesigen Blumentopf in eine Ecke des Balkons geschoben. Mitten aus der weichen Topferde ragte eine winzige, rötlich-grüne Pflanze.

Peters Neugier war geweckt, und da er zurzeit an keinem Artikel arbeitete und nichts Besseres zu tun hatte, wurde es ihm schnell zur Routine, seinen Nachbarn bei der Pflege der Pflanze zu beobachten.

Jeden Morgen um Punkt 10 Uhr fütterte dieser mithilfe einer Pinzette seine Pflanze: Fliegen und winzige Ameisen. Er nahm sie aus einem Plastikgefäß und mit erstaunlichem Feingefühl steckte er sie zwischen die Blätter der Pflanze, die sich daraufhin schlossen und die kleinen Tierchen gefangen hielten.

Fasziniert folgte Peter mit den Augen den Bewegungen der delikaten Blätter. Diese Pflanze schien ein außerirdisches Wesen zu sein, das nur aus einem einzigen riesigen, insektenfressenden Mund mit winzigen Zähnen bestand.

Nach Fliegen und Ameisen kamen dann Heuschrecken und Kakerlaken an die Reihe. Gierig fraß sie alles, was der Nachbar ihr mit der Pinzette darbot, doch sie schien ein wahrhaftiger Nimmersatt zu sein.

Eines Morgens strich der Nachbar mit seinem Zeigefinger leicht über ihre Blätter, woraufhin sie blitzschnell reagierte, indem sie ihre Blätter um seinen Finger schlang und ihre Beißerchen in seine Haut presste.

Sein Nachbar schien Vergnügen an dem Spiel zu finden, doch eines Morgens konnte er seinen Finger nur noch mit größter Mühe aus den Fängen der Blätter befreien. Bestürzt sah Peter, wie Blut auf den Balkonboden tropfte. Von da an beobachtete er die Pflanze mit wachsender Beunruhigung.

Eines Nachmittags, während einer dieser Beobachtungen, ließ sich ein Spatz auf dem Balkongeländer des Nachbarn nieder. Lächelnd hatte er den kleinen Vogel, der wie ein samtiges Kügelchen aussah, mit dem Blick verfolgt.

Zuerst tappte das Vögelchen Stück für Stück über das Geländer, flog kurz danach zu Boden und hüpfte zuletzt auf die Pflanze. Peter hielt inne und sein Lächeln gefror.

Im Nu öffnete die Pflanze ihre Blätter, schloss sie dann schlagartig und hielt den Spatzen in sich gefangen. Entsetzt sah Peter den Kampf des armen Vögelchens, wie es verzweifelt versuchte, sich zu befreien. Aber die Pflanze gab nicht nach und sein Flügelschlagen wurde schwächer, bis es schließlich vollkommen versagte.

Peter hatte sich daraufhin die ganze Nacht im Bett hin und her gewälzt. Sollte er dem Nachbarn nicht erklären, was er gesehen hatte, ihn warnen? Im Nachhinein wurde ihm klar, dass er es hätte tun sollen.

Nach den Heuschrecken und den Kakerlaken kamen die tiefgefrorenen Mäuse. Danach kleine Stückchen Hühnerfleisch. Die Pflanze war jetzt bereits über einen Meter hoch. Ihre Blätter waren dick und kräftig geworden und die einst winzigen Zähnchen schienen sich in spitze Eckzähne verwandelt zu haben.

Jedes Mal, wenn ihre Blätter sich mit einem Laut, der wie ein trockenes Klatschen klang, um eines der Fleischstücke schlossen, lief ihm ein eiskalter Schauer über den Rücken.

Eines Tages beobachtete Peter erschrocken, wie der Nachbar mit einem Topf und einem Sack Dünger auf den Balkon trat und damit begann, die Pflanze umzutopfen. Er traute seinen

Augen nicht. Diese Pflanze war gefährlich, sie durfte doch auf keinen Fall noch weiter wachsen.

Er wollte gerade seine Balkontür öffnen, um den Nachbarn zu warnen, als dieser versehentlich mit seinem Arm die fleischigen Blätter der Pflanze streifte. Im Handumdrehen schnappten diese zu und das so heftig und kraftvoll, dass der Nachbar seinen Arm nicht mehr aus ihren Fängen befreien konnte. Peter stürzte auf den Balkon. Er wollte nach dem noch freien Arm seines Nachbarn greifen, und obwohl er mit dem ganzen Oberkörper über dem Balkongeländer hing, gelang es ihm nicht, den Arm des Nachbarn zu erreichen.

Rasch lief er in die Wohnung zurück und sah sich fieberhaft um. Es musste doch etwas geben, das er verwenden konnte. Sein Blick fiel auf den Besen. Er zögerte kurz, aber als er die Schmerzensschreie seines Nachbarn hörte, griff er nach ihm und stürzte zurück auf den Balkon.

Verzweifelt schlug er auf die Pflanze ein, doch jeder Schlag führte nur dazu, dass diese ihre Zähne noch fester in den Arm des Nachbarn bohrte. Leuchtend rote Flecken breiteten sich auf dem Ärmel des himmelblauen Hemdes aus.

Vielleicht, wenn es ihm gelang, den Stiel zwischen die Blätter zu schieben ... Mit einem kräftigen Stoß stieß Peter den Besenstiel zwischen die Zähne der Pflanze. Mit aller Wucht hebelte er gegen die Blätter, während er seinem Nachbarn zuschrie, er solle versuchen, seinen Arm herauszuziehen, sobald sich die Blätter einen Spalt öffneten.

Beim dritten Anlauf gelang es ihm endlich, seinen Arm mit einem heftigen Ruck aus ihren Fängen zu befreien. Leichenblass landete er am anderen Ende des kleinen Balkons. Dunkelrotes Blut rann aus der Wunde an seinem Arm hinunter. Entgeistert schaute er zu Peter hinüber.

Am nächsten Morgen schien die Sonne. Peter trat mit seiner morgendlichen Tasse Kaffee hinaus auf den Balkon. Verblüfft hielt er im Schritt inne. Der Nachbar, der seinen Arm in einer Schlinge trug, fütterte – mit einem gewissen

Sicherheitsabstand – seelenruhig die Pflanze mit frischen, kleinen Hühnerstückchen.

Das war das letzte Mal, dass er seinen Nachbarn sah.

Am nächsten Tag machte sich Peter auf den Weg nach Berlin zu seiner Mutter. Er hatte einen neuen Auftrag erhalten. Zwei Monate würde er bei ihr bleiben, solange würde er für die Recherche brauchen. Er freute sich auf die Zeit dort.

Als er bei seiner Rückkehr braun gebrannt und gut gelaunt aus dem Aufzug trat, stieß er vor der Tür des Nachbarn auf ein junges Paar. Ein Immobilienmakler erklärte ihm, dass die Wohnung möbliert wäre. Der Vormieter sei allerdings nicht auffindbar und seine Sachen befänden sich deshalb noch in der Wohnung.

Peter ließ seinen Koffer im Flur stehen und ging schnurstracks auf den Balkon. Die Pflanze war noch da. Ihre Blätter allerdings hatten deutlich an Grün verloren, sie waren runzelig, eingefallen und wirkten kraftlos. Es schien ihm, als wären sie gerostet.

Dann bemerkte er, dass auch die Balkonfliesen voller Rostflecken waren, und selbst die Wand voller Sprenkel. Ein mulmiges Gefühl stieg in ihm auf.

In dem Moment betrat die junge Frau den Balkon und ließ den Blick über die Nachbargebäude streifen. Er hielt den Atem an, als er sah, wie die Pflanze ihre Neugier weckte und sie sich unbekümmert auf sie zubewegte.

Als sie ihre Hand nach den glanzlosen Blättern ausstrecken wollte, um sie zu streicheln, schrie er laut auf. Erschreckt fuhr sie zusammen und zog blitzschnell ihre Hand zurück. Mit hochgezogenen Augenbrauen schaute sie ihn fragend an.

Er lächelte ihr beruhigend zu und beobachtete, aus dem Augenwinkel, wie sich die Pflanze langsam in die Höhe streckte. Die junge Frau warf ihm einen letzten verwirrten Blick zu, bevor sie zurück in die Wohnung trat. Er vergrub sein Gesicht in seinen Händen und atmete tief aus.

Nachts hörte er das Klappern der Blätter, als ob die Pflanze ein wildes Tier wäre, das vergeblich versuchte, mit den kräftigen Kiefern eine Beute zu erhaschen und stattdessen an der Leere kaute. Das beunruhigende Geräusch durchbohrte die Stille der Nacht und durchströmte seinen ganzen Körper wie ein elektrischer Schlag.

Eine Woche später zog das Paar ein.

Diktatur

Die Männer kamen an einem kalten Februarmorgen.

Es hatte die ganze Nacht geschneit und eine unerschütterliche Stille lag über dem noch schlafenden Dorf.

Alle wussten, wer sie waren. Die gefürchteten blauen Abzeichen auf der linken Seite ihrer dicken Mäntel verrieten ihren Auftrag.

Das Klopfen an der Tür hallte durch das kleine Haus, wie ein Unheil verkündendes Omen.

Von seinem Zimmer im zweiten Stock aus hörte Jörg die Stimme einer der Männer, die verzweifelten Fragen seiner Mutter, die beruhigenden Worte seines Vaters und das Zuschlagen der Tür hinter der Gruppe. Ihr Schicksal war besiegelt.

Jörg stand auf und lief zum Fenster. Mit dem Ärmel seines Schlafanzugs wischte er das Kondenswasser weg, das sich in der Nacht an der Fensterscheibe angesammelt hatte.

Die Gruppe entfernte sich schnell. Ihre Schritte zerstörten die weiße Schneedecke und hinterließen tiefe schwarze Löcher in ihr.

Zwei Männer flankierten seinen Vater, der den Kopf hochhielt, bis die Entfernung groß genug war, um seine Angst nicht mehr vor seiner Familie verbergen zu müssen.

Erst als die Gruppe die schmale Brücke erreichte und zu einem fast unerkennbaren dunklen Fleck wurde, senkte sein Vater den Kopf.

Jörg hatte die geflüsterten Gerüchte gehört und wusste, dass er ihn nie wiedersehen würde. Wahrscheinlich wird er morgen bereits tot sein. Wie all die anderen Männer, die immer kurz nach Sonnenaufgang verhaftet wurden. Der einzige Grund dafür war, eine niemals überprüfte Anzeige von einem Nachbarn oder von jemandem, der zum Feind geworden war.

Er trat in den Flur. Durch die geöffnete Tür des Schlafzimmers seiner Eltern sah er das makellos gemachte Bett, auf dem die von seiner Großmutter gestrickte, bunte Tagesdecke ausgebreitet war.

Barfuß lief er die Treppe hinunter. Der Kamin war nicht angezündet. In einem Topf auf einem der Herde brodelte Wasser. Das erst zur Hälfte geschnittene Gemüse auf der Arbeitsfläche. Und daneben, auf dem kleinen Tisch, eine noch dampfende Tasse und ein Teller mit dem halb gegessenen Frühstück seines Vaters. Ein Stück Brot und ein Rest Käse.

Mit zögerlichen Schritten näherte er sich dem Tisch, den Blick auf seine Mutter gerichtet. Sie saß auf einem Stuhl, den gesenkten Kopf in ihre rechte Hand gestützt. Die Linke ruhte regungslos in ihrem Schoß auf der noch sauberen Schürze. Ihr Körper zusammengesunken und plötzlich um Jahre gealtert.

Sie hatte seine Anwesenheit nicht bemerkt und starrte auf einen unbestimmten Punkt auf dem Boden, als ob sie dort Halt finden könnte.

Er stand da und wusste nicht, was er tun sollte. Seine nackten Füße steif vor Kälte. Auch der zu klein gewordene, dünne Schlafanzug konnte ihn kaum vor der eisigen Atmosphäre schützen, die im Haus herrschte.

Aber er spürte nichts außer der tiefen, schweren Stille, die lediglich vom Gemurmel des kochenden Wassers unterbrochen wurde.

Lange Zeit verharrten sie so. Stumm. Bewegungslos. Einsam, aber nicht allein. Die Abwesenheit des Vaters, ein unsichtbares Band zwischen ihnen.

Ein erneutes Klopfen an der Tür ließ ihn zusammenfahren. Er warf einen kurzen Blick auf seine Mutter, die immer noch auf den Boden starrte, und ging dann vorsichtig zur Tür.

Seine Tante Helga streichelte ihm sanft über die Wange. Sie betrat den Raum und ging zu seiner Mutter hinüber. Schweigend legte sie ihr die Hand auf die Schulter.

Jörg sah, wie seine Mutter verwirrt aufblickte, sich dann wie im Trance erhob und in die Arme seiner Tante sank. Ein herzzerreißender Schrei erfüllte die Küche, bevor sie hemmungslos zu weinen begann.

Während die beiden Frauen die Treppe hinaufstiegen, ging er zum Fenster.

Langsam erwachte das Dorf zum Leben. Für die Menschen war es ein ganz gewöhnlicher Wintertag. Eingehüllt in den eisigen Morgenwind, begannen sie ihre alltäglichen Pflichten aufzunehmen.

Jörg betrachtete sie. Vor einer Stunde noch glich sein Leben dem ihren. Vor einer Stunde hatte sein Vater noch am Frühstückstisch gesessen. Vor einer Stunde war seine Welt intakt.

Er wandte sich vom Fenster ab, ging zum Herd und löschte das Feuer. Die drückende Stille fiel auf ihn

Orangensaft

Die Abdrücke laufen durch den schneebedeckten Hintergarten. Sie verlaufen vom Zaun der Nachbarin bis zur Mitte des Gartens, wo sie von einer kleinen Pfütze aus Urin unterbrochen werden. Dann verlaufen sie fast geradlinig weiter, bis sie die Hintertür des Hauses erreichen.

Er hebt den Teller vom Boden auf und wirft ihn in den Mülleimer. Er will sichergehen, dass er ihn nicht versehentlich wieder benutzt. Selbst wenn er blitzblank ist, könnten sich noch Spuren des Giftes auf ihm befinden.

Er trägt den Sack mit dem toten Körper in den Keller, dann schenkt er sich in Ruhe eine Tasse Kaffee ein und blickt aus dem Küchenfenster hinaus in seinen Garten.

Morgen, nachdem er sich dem Sack samt Inhalt entledigt haben wird, wird er seinen Kunstrasen reinigen. Das wird das dritte Mal in dieser Woche sein. Vielleicht wird er ihn ganz auswechseln müssen, um diesen schrecklichen Uringeruch loszuwerden.

Am nächsten Morgen klingelt es an seiner Tür. Es ist die Nachbarin. Sie fragt ihn, ob er ihren Kater gesehen habe. Gestern sei er nicht nach Hause zurückgekommen. Nein, er hätte ihn nicht gesehen. Ja, natürlich würde er Ausschau nach ihm halten und ihr sofort Bescheid sagen.

Er sieht ihr nach, als sie sich umdreht und vom Haus entfernt: Ihre Kleidung voller Katzenhaare, das leichte Schwanken ihrer übergewichtigen Figur, ihr ungepflegtes weißes Haar, wie sie in ihren abgetretenen Hausschuhen den unebenen Bürgersteig hinunter watschelt und aus seinem Blickfeld verschwindet.

Sekundenlang verspürt er einen Anflug von Gewissensbissen, die er aber sofort abschüttelt. Er hatte ihr tausendmal gesagt, sie solle die Sache in Ordnung bringen und wenn sie das nicht täte, müsste sie mit Konsequenzen rechnen. Sie hatte nichts dagegen unternommen. Gut. Jetzt ist die Sache ein für alle Mal erledigt. Man muss solche Menschen in ihre Schranken weisen.

***

Die alte Frau kehrt mit matten Schritten zurück nach Hause. Dieser arrogante Schnösel spricht in genau demselben nachgiebigen Ton mit ihr wie die neue Kassiererin im Supermarkt. Sie ist alt, kein dummes Kind. Und sie ist auch nicht taub. Diese eingebildete Jugend.

Sie ist überzeugt davon, dass ihr Nachbar etwas mit dem Verschwinden ihres Katers zu tun hat. Mit dem Handrücken wischt sie sich eine Träne von der Wange. Max liebt es, in der Nachbarschaft herumzustreifen, aber er kommt immer zurück. Immer.

Vom ersten Tag an, seitdem er nebenan eingezogen ist, hat er sich bei ihr über Max beschwert.

Ja, stimmt schon, es ist nicht in Ordnung, dass der Kater sein Geschäft in seinem Garten erledigte, aber das Haus war jahrelang unbewohnt und ist, man könnte sagen, zu seinem Vergnügungspark geworden. Max hatte dort Mäuse und kleine Vögel zwischen den verwilderten Pflanzen und Büschen gejagt, in der Sonne geschlafen und, ja, dort auch seine Notdurft verrichtet.

Der Nachbar hatte gleich nach seiner Ankunft alle Pflanzen ausgerissen, sogar den schönen Rosenstrauch und die Bougainvillea. Als alles platt und glatt war, hatte er ein großes, quadratisches Stück Kunstrasen − in einem unwirklichen Grün − in der Mitte verlegen lassen. Und sorgfältig glatte, weiße Steine darum positioniert. Pah, der Garten ist so nichtssagend wie er, grummelt die Frau kopfschüttelnd vor sich hin. Sie schließt die Haustür hinter sich und schaut

hinüber zum Fenster. Max' Lieblingsplatz. Bekümmert fragt
sie sich, wo er wohl sein mag.

***

Die alte Hexe ist immer noch auf der Suche nach ihrem
Kater. Da sie keinen Computer hat, hatte sie ihn gebeten, ihr
bei der Erstellung von Plakaten zu helfen, die sie in der
Nachbarschaft aufhängen wollte. Er hatte eingewilligt und
jetzt stößt er an jeder Ecke auf das Foto von diesem verdammten
Kater. Er versteht nicht, warum sie so viel Aufhebens um einen
einfachen Kater macht. Sie kann definitiv nicht ganz bei Trost
sein.

Er schaut auf die Uhr. Er hat noch Zeit, in den Supermarkt
zu gehen, bevor das Eishockeyspiel beginnt. Als er in den Gang
mit den Konserven einbiegt, stößt er beinahe mit der Nachbarin
zusammen. Obgleich er die Antwort schon kennt, erkundigt er
sich nach dem Kater. Mit roten Augen schüttelt sie verneinend
den Kopf.

Er lässt seinen Blick über die Regale mit den Thunfischdosen
gleiten und murmelt leise vor sich hin: Hat vielleicht in den
falschen Garten gepinkelt und bekommen, was er verdient hat.
Ihm entgeht der eisige Blick, mit dem sie ihn fassungslos
anstarrt, bevor sie ihren Einkaufswagen davon schiebt. Er rollt
mit den Augen und geht in die Milchabteilung.

Als er an die Kasse kommt, ist sie bereits dabei, ihre Einkäufe
in eine Stofftasche zu stopfen. Frostschutzmittel? Wozu? Sie
hat doch kein Auto. Sie scheint wirklich nicht ganz bei Trost zu
sein.

***

Sie kocht vor Zorn. Mit schroffen Bewegungen packt sie ihre
Einkäufe aus und flucht mit zusammengebissenen Zähnen.
Dieser Hurensohn. Bestimmt hat er Max etwas angetan. Aber
warte nur! Du wirst mich noch kennenlernen. Sie verstaut
alles außer dem Mehl, den Orangen und dem Frostschutzmittel.

Dann heizt sie den Ofen vor und beginnt einen Teig vorzubereiten.

Er weiß nicht, wozu sie fähig ist. Ebenso wenig wie ihr Mann. Nachdem er in Rente gegangen war, saß er den lieben langen Tag auf dem Sofa und kritisierte alles, was sie tat. Nichts war ihm recht, alles machte sie falsch. Bis es ihr reichte.

Sie hatte Irma angerufen und ihr vorgeschlagen, das Wochenende zusammen zu verbringen. So wie in alten Zeiten. Am Samstagmorgen dann hatte sie ihm wie üblich seinen Orangensaft frisch gepresst, aber dieses Mal hatte sie gleich einen ganzen Krug vorbereitet und etwas von dem Frostschutzmittel, das sie im Keller gefunden hatte, dazugefügt.

Er hatte den Orangensaft besonders süß gefunden und während sie den Frühstückstisch abräumte, den halben Krug geleert. Danach schickte sie ihn in den Keller, um einen Sack Kartoffel zu holen. Nachdem sie die Kellertür sorgfältig hinter ihm abgeschlossen hatte, verließ sie das Haus.

Keiner hatte seine Hilferufe gehört. Das Nachbarhaus war unbewohnt. Seine verzweifelten Schreie waren in der Leere verklungen. Sie hatte ihn erst am Sonntagabend − völlig entsetzt − inmitten von Erbrochenem gefunden und natürlich sofort den Notdienst verständigt. Doch es war leider zu spät. Er war bereits tot. Der arme Mann.

Wahrscheinlich akutes Nierenversagen hatte der Arzt gesagt. Verwirrt hatte sie ihn gefragt, wie so etwas geschehen könne. Er wisse es auch nicht, aber wenn sie wolle, würden sie eine Autopsie durchführen.

Nein, nein, hatte sie unter Tränen gesagt. Das würde sie ihm niemals antun. Nur der bloße Gedanke daran … nein, nein. Mitfühlend hatte der Arzt den Arm um ihre Schulter gelegt und verständnisvoll genickt.

Nicht ein einziges Mal hatte sie ihn vermisst, diesen Nichtsnutz. Der Ofen piept. Die Pfeffernüsse sind fertig. Sie beginnt, die Orangen auszupressen.

***

Die Hexe hat ihm einen Teller Pfeffernüsse und eine Flasche frisch gepressten Orangensaft gebracht. Sie wolle sich bei ihm für seine Hilfe mit den Plakaten bedanken. Die Orangen sind wirklich sehr süß, hatte sie gesagt und ihn angelächelt.

Er stellt alles auf dem Küchentisch ab, um es später hinaus in die Mülltonne zu bringen. Zurück im Wohnzimmer schaut er sich die Wiederholung der Höhepunkte des Spiels an.

Eine Stunde später beginnt sein Magen zu knurren. Er geht in die Küche, öffnet den Kühlschrank, findet aber nichts, worauf er Appetit hat. Mit einem Seufzer lässt er die Kühlschranktür zufallen.

Sein Blick fällt auf den Teller mit den Pfeffernüssen. Er nimmt einen und knabbert vorsichtig daran. Hmmm, nicht schlecht. Er schlingt den Rest hinunter und steckt sich einen weiteren in den Mund. Backen kann sie, diese Hexe, das muss er zugeben.

Er nimmt ein Glas aus dem Hängeschrank und schenkt sich Saft ein. Stimmt, ist wirklich sehr süß, lecker. Mit einem Schluck leert er das Glas und schenkt sich gleich noch eins ein.

Auf dem Weg zurück ins Wohnzimmer schnappt er sich den Rest Pfeffernüsse. Fröhlich pfeifend lässt er sich aufs Sofa fallen.

***

Sie hört die Sirene des Krankenwagens und sieht das Blaulicht durch die Gardine schimmern. Schwerfällig steigt sie aus dem Bett und sieht, wie zwei Sanitäter in Richtung des Nachbarhauses rennen. Sie lächelt. Zufrieden.

Unendliche Liebe

Der hochgewachsene Mann lässt Helena vorsichtig auf das Bett gleiten. Er deckt sie zu und legt sorgfältig ihr langes tiefschwarzes Haar auf dem Kopfkissen zurecht. Mit traurigem Blick streichelt er sanft über ihre noch warme Wange.

Sie hätten so glücklich sein können. Aber wie all die anderen wollte auch sie ihn verlassen. Er trägt so viel Liebe in sich, dass sie die Grenzen seines Körpers sprengen könnte. Doch niemand will sie.

Er steht neben dem Bett und lässt seinen Blick über ihr blasses, regungsloses Gesicht schweifen. Ein leichtes Lächeln zeichnet sich auf seinen Lippen ab.

***

Als er Helena zum ersten Mal sah, war ihre Nasenspitze gerötet und ihre grünen Augen tränten vor Kälte. Sie hatte sich einen Milchkaffee zum Mitnehmen bestellt und, während sie darauf wartete, all ihre Aufmerksamkeit auf ihr Handy gerichtet. Er hatte an einem Tisch in der Nähe der Theke gesessen, aber sie hatte ihn nicht gesehen.

Sobald sie ihren Kaffeebecher in der Hand hielt, ist sie in die morgendliche Kälte hinausgetreten. Er ist ihr bis zu einem kleinen Bürogebäude gefolgt, das sich nur zwei Straßen entfernt vom Café befand.

Mit der Zeit fand er heraus, dass sie dort als Buchhalterin arbeitete und im Zentrum der Stadt wohnte. Allein.

Jeden Morgen hatte er im Café auf ihr Erscheinen gewartet. Auf diese wunderbare Wärme, die sie ausstrahlte. Wie

Monika. Sie war zumeist spät dran, immer in Eile und das irritierte ihn leicht. Diese Unpünktlichkeit. Dennoch konnte er sich der Unbekümmertheit, die darin lag, nicht ganz entziehen. Ebenso wenig wie ihrer Natürlichkeit und Unbefangenheit, Eigenschaften, die er schätzte.

Drei Monate später gelang es ihm, sich mit ihr zu verabreden. Von da an sahen sie sich jedes Wochenende. Nach dem fünften Date hatte er sich dann eine Wohnung in der Nähe ihres Büros gemietet. Er hatte ein großes Bett, einen geräumigen Kleiderschrank und ein gemütliches Sofa, auf dem sie zusammen kuscheln würden, gekauft.

Er war sich sicher, dass dieses Mal alles gut gehen würde. Endlich hatte er die Frau gefunden, die ihn wahrhaftig liebte. Er hätte vor Freude zerbersten können. Er war voller Licht. Die Dunkelheit in ihm war verschwunden.

Aber dann hatte sie alles ruiniert. Wie Luise, Brigitte und Monika. Nein, es war nicht seine Schuld.

Obwohl sein Vater schon immer behauptet hatte, dass er ein Unheilsbringer war: Alles und jedes, was immer er berührte, verwandelte sich in Finsternis. Doch er hatte schon vor langer Zeit angefangen, auf Durchzug zu schalten, wenn sein Vater sprach.

Sein Vater war ein Verlierer. Sein Interesse galt einzig und allein dem Glücksspiel. Das hatte alles ruiniert.

Nein. Es war nicht seine Schuld. Es war Helena, die seine Liebe zu ihr verraten hatte. So wie all die anderen.

Auch sie hatten ihm keine Wahl gelassen. Er hatte alles für sie getan, ihnen seine ehrliche und bedingungslose Liebe, sein Herz geschenkt. Sie hatten es ihm – eine nach der anderen – aus der Hand geschlagen.

Fassungslos hatte Helena ihn angestarrt, die Augen weit aufgerissen, ihr Gesicht eine grausame Grimasse, die seine Seele hat erfrieren lassen. Niemals würde sie mit ihm zusammenziehen, sie liebe ihn nicht, sie kennen sich ja kaum.

Die Tränen liefen ihm über die Wangen, während er auf ihre Lippen schaute. Diese sanften Lippen, die nur Lügen von sich gegeben hatten.

Er konnte seine Enttäuschung nicht unterdrücken. Tiefe Traurigkeit stieg in ihm auf, verwandelte sich in Verzweiflung und schlug dann in Wut um. Seine Hände um ihren schmalen, langen Hals, hatte er weiter zugedrückt, bis sie aufgehört hatte zu atmen und der Schmerz, der sein Inneres durchflutet hatte, endlich verschwunden war.

***

Er wirft einen letzten Blick auf sie und verlässt das Zimmer. Die Kälte der Nacht schlägt ihm ins Gesicht, wie der Verrat seiner Liebe. Es macht ihm nichts aus. Er spürt sie kaum. Er weiß, dass er am Ende die wahre Liebe finden wird. Nur das zählt.

Er wird sich nicht entmutigen lassen. Niemand wird seine Hoffnung zerstören. Er wird weiter nach dem Licht suchen, das sein Inneres leuchten lassen wird.

Mit neu gewonnenem Selbstvertrauen macht er sich auf den Weg zur U-Bahn.

Ich bin etwas Besonderes

Ich wollte immer schon Mutter werden. Ich wusste auch immer schon, dass ich darin gut sein würde.

Ich liebe meine Kinder. Allerdings benötige ich gelegentlich meine Auszeit. Deshalb lasse ich sie jeden Monat vierzehn Tage lang bei meinen Eltern.

Aber glaub jetzt bloß nicht, dass ich das nur für mich tue. Nein. Meine Eltern lieben diese langen Aufenthalte meiner Kinder in ihrem Haus: Sie sind nämlich im Ruhestand und haben, im Gegensatz zu mir, nichts Wichtiges zu tun. Und schließlich sind es ja auch ihre Enkel.

Ich bin ihre Lieblingstochter und das kann ich verstehen, keine falsche Bescheidenheit. Ich bin lustig und komme mit jedem gut zurecht. Also, mit jedem, der normal ist. In der Kirche predigt uns unser Pfarrer jeden Sonntag, dass wir unseren Nächsten lieben sollen. Und das versuche ich. Wirklich. Dennoch, manchmal machen sie es mir schwer. Es gibt so viele seltsame und egoistische Menschen auf der Welt …

Zuerst bekam ich meine Tochter, aber natürlich wollte mein Vater einen Enkel (Mädchen sind ja nicht so amüsant), also wurde ich erneut schwanger. Zum Glück wurde es diesmal ein Junge. Stell dir vor: Was für eine Katastrophe, wenn es noch ein Mädchen gewesen wäre.

Wir sind alle unheimlich stolz auf ihn. Bei allen unseren Familientreffen ist er der König und ich die Königin. Er ist fast genauso unterhaltsam und lustig wie ich.

Ich liebe meine Kinder. Ich mache alles für sie. Zum Beispiel, da Saft ja nicht gut für sie ist (das habe ich glücklicherweise vor ein paar Jahren gelesen), kaufe ich ihnen einmal pro Monat Obst. Ich wähle nur die besten Äpfel aus, die ich im Angebot finden kann, und achte darauf, dass sie so wenig wie möglich angefault sind. Solche Schnäppchen zu finden ist nicht so einfach, wie es auf den ersten Blick erscheinen mag. Aber die Kinder weigern sich dennoch, meine Äpfel zu essen.

Ich verstehe nur Bahnhof: Warum essen sie jederzeit gerne das Obst bei meiner Schwägerin, aber nicht das, das ich speziell für sie kaufe? Typisch Kinder! Sie wollen stets das, was sie nicht haben können.

Ich gebe meinen Kindern alle Freiheit der Welt. Vor drei Tagen hat mein Bruder, den ich ohne Ende liebe, mir angeboten, meine Tochter mit in den Urlaub zu nehmen. Natürlich habe ich sofort zugesagt und mich sogar bereit erklärt, sie zu ihnen zu bringen. Die Koffer allerdings habe ich meiner Tochter, aber nicht gepackt. Sie ist schließlich schon zehn Jahre alt und muss lernen, Verantwortung für ihre Dinge zu übernehmen. Und außerdem ist es ja nur für eine Woche.

Ich habe die Gelegenheit genutzt, um auch meinem Sohn einen Urlaub zu schenken. Er konnte es kaum erwarten, Zeit mit seinem Großvater zu verbringen. Und da mein Mann und ich auf einmal kinderlos waren, habe ich ihm vorgeschlagen, zwei Wochen Strandurlaub für uns zu buchen. Manchmal ist es so einfach, glücklich zu sein.

Mein Mann ist auch fantastisch. Er hatte keine Lust mehr, als Lehrer zu arbeiten und ist jetzt Hobby-Landschaftsgärtner. Ich liebe Menschen, die sich neu erfinden. Allerdings gibt es in seiner Branche nicht allzu viel Arbeit und deswegen muss ich einmal im Monat als Krankenschwester arbeiten, was ich ganz und gar unerträglich finde.

Meine Eltern zahlen uns die Privatschule der Kinder und helfen uns mit der Hypothek. Auch bei den Lebensmitteln lasse ich mich gern von ihnen unterstützen. Wenn ich die

Kinder abhole, schaue ich immer in ihrer Speisekammer nach, was wir noch benötigen könnten.

Unser Leben ist nicht auf Rosen gebettet, aber wir kommen gut zurecht.

Wie ich bereits sagte, bin ich sehr beschäftigt. Ich gehe shoppen und wenn ich etwas sehe, das mir gefällt, sage ich meiner Mutter Bescheid und dann schenkt sie es mir mit größtem Vergnügen. Ich gehe jeden zweiten Tag ins Fitnessstudio, denn meine beneidenswerte Figur kommt nicht von ungefähr. Sonntags gehe ich selbstverständlich in die Kirche.

Was sonst noch? Oh ja, ich recherchiere täglich im Internet. Es gibt so viele Dinge, die die Regierungen und Großkonzerne vor uns geheim halten wollen! Wie das mit den Chips in den Impfstoffen. Wusstest du das?

Das mit der Impfung ist nur ein Vorwand. Microsoft hat ein chinesisches Labor damit beauftragt, das Coronavirus zu kreieren. In Wirklichkeit will uns Microsoft nämlich durch den Impfstoff einen Chip injizieren, damit sie uns in jeder Hinsicht kontrollieren können. Gott sei Dank gibt es noch Menschen, die uns die Wahrheit sagen.

Jetzt schaue ich mir gerade MacBooks an, damit ich endlich meinen Dell Laptop wegwerfen kann. Windows ist für mich gestorben. Und selbstverständlich werde ich mich auch nicht impfen lassen.

Ich kümmere mich auch um die Erziehung meiner Kinder. Alles Wichtige, was ich im Internet finde, teile ich ihnen unverzüglich mit. Kürzlich habe ich ihnen erklärt, dass der Mensch nicht vom Affen abstammt und dass die Fitbit-Smartwatch Krebs verursacht. Eine Mutter muss immer darauf achten, dass ihre Kinder gut gebildet sind.

Auch wenn es viel von einem abverlangt, liebe ich es, Mutter zu sein. Das steht ganz außer Frage.

Der Lolli

Marius genießt die Wärme der Sonnenstrahlen auf seinem Gesicht. Er geht die Straße entlang und ist froh, aus seiner Wohnung gekommen zu sein. Auch wenn er den Artikel schon morgen früh abgeben muss, es ist lange her, dass das Wetter so schön war. Er will sich einen Spaziergang im Sonnenschein, nicht entgehen lassen.

Ziellos wandert er durch die Stadt, beobachtet die Menschen, die es – im Gegensatz zu ihm – eilig zu haben scheinen, schaut sich die Schaufenster an und lässt seine Gedanken einfach schweifen.

Aufgrund der Wirtschaftskrise sind viele Geschäfte geschlossen und an den meisten Rollläden hängen »Zu vermieten«-Schilder. Als Marius sich einem dieser Läden nähert, sieht er, dass es dort wider Erwarten ein neues Geschäft gibt: Happy Candy. Ein Süßwarenladen.

Er bleibt vor dem Schaufenster stehen und betrachtet kopfschüttelnd die unüberschaubare Menge an Süßigkeiten, die die Regale füllen.

Schön anzusehen, aber viel zu süß für seinen Geschmack. Als er schon weitergehen will, fällt sein Blick in eine Ecke des Schaufensters. Da steht, ganz retro, wie ein Überbleibsel vergangener Zeiten, eine kunterbunte Pyramide aus Lollis.

Ein längst vergessenes, warmes Gefühl überkommt ihn und eine kristallklare Erinnerung taucht vor seinem inneren Auge auf.

Seine Mutter vor dem Schulgebäude. Die Tage, an denen, sie auf ihn wartete, immer mit einem Lolli in der Hand, den sie ihm lächelnd entgegenstreckte, wenn er auf sie zugerannt kam. Dann machten sie sich gemeinsam – Hand in Hand und Lolli lutschend – auf den Heimweg.

Doch es war gar nicht der Lolli, nach dem er damals so verrückt gewesen war. Es war die warme Hand seiner Mutter. Diese kostbare Zeit mit ihr allein. Ganz ohne seine Geschwister.

Noch in seine Erinnerungen vertieft, legt er seine Hand auf den Türgriff des Ladens und tritt zögernd ein. Ein süßer Geruch steigt ihm in die Nase. Der Laden ist fast leer. Nur zwei Kinder wägen sorgfältig ab, in welche all dieser verlockenden Süßigkeiten, sie ihr Taschengeld investieren sollten.

Marius geht zum Turm, nimmt sich einen Lolli – Erdbeere & Sahne – und nähert sich dem Ladentisch. Die Kassiererin schaut kurz und desinteressiert zu ihm auf: »70 Cent, bitte«.

Marius zückt seine Kreditkarte. Die Frau schaut zuerst auf die Karte, dann auf Marius und zeigt schließlich auf ein handgeschriebenes Schild: Kreditkartenzahlungen erst ab 5 Euro!

Marius steckt die Karte wieder ein und durchsucht seine Hosentaschen, auch wenn er genau weiß, dass er seit Monaten kein Bargeld mehr bei sich trägt. »Bin sofort wieder zurück!«

Gleichgültig schiebt die Frau den Lolli beiseite und richtet ihre Aufmerksamkeit erneut auf ihr Handy.

Zurück auf der Straße, versucht er sich daran zu erinnern, wo auf dem Weg er einen Geldautomaten gesehen hatte, wobei sich der Drang, diesen Lolli zu kaufen noch verstärkt.

Nach fünf Minuten wird er fündig. Doch vor dem Geldautomaten steht eine alte Frau, die mit lästiger Sorgfalt die Tasten drückt und dann verwirrt auf den Bildschirm starrt.

Eine viertel Stunde lang. Er hatte 20 Mal auf die Uhr geschaut, war auf dem Bürgersteig auf und ab gegangen, hatte fünf rote Autos gezählt, mehrmals ihren Rücken mit seinem Blick durchbohrt, als ihm der Geduldsfaden reißt.

Schon im Gehen begriffen, hört er das Surren des Geldautomaten. Er dreht sich um, und sieht, wie die Frau die

Scheine gewissenhaft zählt, bevor sie sie umständlich in ihre Handtasche steckt und geht.

Er stürzt auf den Automaten zu und schiebt die Karte in den Schlitz. Der Bildschirm teilt ihm mit, dass nur 50-Euro-Scheine verfügbar sind. Sind die nicht zu groß? Egal. Er nimmt das Bargeld und die Karte und rennt schnell zum Süßwarenladen zurück.

Die zwei Kinder beraten sich immer noch. Marius geht schnurstracks auf den Ladentisch zu und streckt der jungen Frau energisch den 50-Euro-Schein entgegen. Widerwillig wendet sie den Blick von ihrem Handy ab und sieht ihn an.

»Ich habe kein Kleingeld.«

»Was soll das heißen, Sie haben kein Kleingeld?«

»Haben Sie es nicht kleiner?«

»Soll das ein Scherz sein?«

»Es tut mir leid«, sagt die Frau unbeeindruckt und wendet sich wieder dem Handy zu.

Fassungslos starrt Marius die Frau an. Enttäuschung und Frustration steigen in ihm auf. Er fährt sich mit der Hand durch die Haare und holt tief Luft.

Er sollte nach Hause gehen, es gut sein lassen. Aber er kann nicht. Er *will* den Lolli.

Sein Blick fällt auf die beiden Mädchen, die jetzt hinter ihm an der Kasse stehen. Kurzerhand reißt er ihnen die Tüte mit den Süßigkeiten aus der Hand, dreht sich triumphierend zu der Kassiererin herum und hält ihr die Tüten vors Gesicht.

»Wie viel?«

***

Marius geht durch die inzwischen überfüllten Straßen.

Wie erwartet ist der Lolli viel zu süß für seinen Geschmack, doch das Glücksgefühl in ihm ist himmlisch.

Sonnenblumen

Der erste Augusttag. Es ist ein sonniger und warmer Tag, aber ich ziehe mir ein langärmeliges T-Shirt über, bevor ich meine Wohnung verlasse. Den Regenschirm stelle ich zögernd ab und setze stattdessen meine Schirmmütze auf.

Mit klopfendem Herzen schließe ich die Tür hinter mir. Meine Atmung beschleunigt sich. Ich rede mir gut zu »Alles wird gut«, dennoch verwandeln sich meine Beine in eine Art Knetmasse.

Es ist früher Abend und die Sonne hat bereits an Kraft verloren. Trotzdem wähle ich die Straßenseite, die im Schatten liegt. Ich konzentriere mich auf meine Schritte und versuche, den Druck in meinem Magen zu ignorieren. Die von meinem Therapeuten erstellte Richtlinie gibt vor, dass ich heute mindestens drei Minuten in der Sonne verbringen muss. Drei Minuten. Eine kleine Ewigkeit.

Ich sitze auf einer Bank im Sonnenschein und schalte das Chronometer an. Ich hole tief Luft und beobachte die Leute, die ihre lang erwarteten Urlaubstage genießen. Lautlos wiederhole ich die Worte, die mich vom Abgrund fernhalten: »Alles wird gut. Alles wird gut.«

Ich sehe auf das Chronometer. Zwei Minuten und vierzig Sekunden noch. Zeit ist ein elastischer Begriff. Sie dehnt sich unerwünscht, wenn man es am wenigsten will.

Ich zwinge mich dazu, mich auf etwas anderes zu konzentrieren als auf meine körperliche Wahrnehmung oder meine Angst. Vor meinem inneren Auge taucht ein Bild auf: Sonnenblumen.

***

Als Kind war der Sommer meine Lieblingsjahreszeit. Ich habe ihn immer bei meiner Oma in einem Dorf an der Küste verbracht. Die langen Sommertage waren gefüllt mit Strand, Fußballspielen im Park und kalter Limonade auf den abendlichen Terrassen. Heute ist es unvorstellbar für mich, dass der Sommer damals ein Synonym für Freude war.

Die dreistündige Fahrt, die mich von dieser sorglosen Glückseligkeit trennte, hatten meine Mutter und ich allein angetreten. Sie hatte ein Lied gesummt. Die Augen auf die fast leeren Straßen gerichtet, während ich auf dem Rücksitz des Wagens saß und sah, wie das Panorama vor dem Fenster verschwand und sofort durch ein neues ersetzt wurde.

Sobald wir die Stadt hinter uns gelassen hatten, veränderte sich die Landschaft radikal. Schon nach ein paar Kilometern sind wir auf endlose Sonnenblumenfelder gestoßen, die die Landstraßen säumten.

Ich betrachtete sie fasziniert und meine Mutter erklärte mir, dass die Sonnenblumen sich immer zur Sonne hin bewegen. Viele Jahre später habe ich gelesen, dass man dieses Phänomen Heliotropismus nennt. Damals aber haben sie für mich nur wie riesige Zyklopen ausgesehen. Irreale Wesen mit schwarzer Pupille von einer gelben Iris umgeben, die in die Sonne starren.

Das alles war vor dem Unfall. Bevor ich hinter einem Ball herlief und das Auto mir nicht ausweichen konnte. Alles, woran ich mich erinnere, ist der Schmerz und das gleißende Sonnenlicht.

Ich ahnte nicht, dass dieser Moment mein Leben für immer verändern würde.

Nach der Entlassung aus dem Krankenhaus schien zuerst alles normal.

Es dauerte jedoch nicht lange, bis meine Mitschüler anfingen, mit dem Finger auf mich zu zeigen und mich zu verspotten, weil ich nur im schattigen Teil des Schulhofes spielen wollte. Von heute auf morgen wurde ich zum »Vampir« umbenannt.

Meine Eltern konnten nicht nachvollziehen, warum die kleinste Berührung der Sonnenstrahlen mich in Panik versetzte. Mein Vater schüttelte verständnislos den Kopf, schimpfte oder ignorierte mich. Meine Mutter unterstützte mich, stand mir bei.

Meine Angst vor dem Sonnenlicht jedoch wuchs mit der Zeit. Die Vorhänge meines Zimmers waren ständig zugezogen, ich wollte die Wohnung nicht mehr verlassen und meine Haut wurde immer blasser. Die Jahre vergingen.

Der erste Besuch beim Psychologen hinterließ gemischte Gefühle in mir. Erleichterung zum einen, da meine Angst vor der Sonne einen Namen hatte: Heliophobie. Ich war also kein Spinner. Panik zum anderen, denn zur Überwindung dieser Angst, gab es nur ein Gegenmittel: In die Sonne gehen, sich ihr aussetzen.

Jemand hat einmal gesagt, dass mutig zu sein nicht bedeutet, keine Angst zu haben, sondern etwas zu tun, auch wenn man Angst davor hat. Das tue ich. Seit genau drei Monaten und vierzehn Tagen.

Ich kämpfe gegen mich selbst an. Zähneknirschend ignoriere ich die Alarmsignale meines Gehirns und akzeptiere das Zittern meiner Hände. Jeden Tag entferne ich ein Sandkorn von diesem riesigen Berg, der mich erdrückt und mir alle Lebenskraft raubt. Ich war und bin mutig. Auch wenn das bedeutet, jeden Tag durch die Hölle zu gehen.

***

Ich schaue erneut auf das Chronometer. Die Zeit ist fast um, 3 Sekunden noch. Ich stehe auf und mache mich erleichtert auf den Heimweg. 272 Schritte noch, dann ist die Tortur vorbei.

Das vergängliche Abendrot des Himmels betrachtend, verspüre ich Neid auf die Sonnenblumen. Wie gerne würde ich wie sie die Sonnenstrahlen willkommen heißen und mich nach dem Sommer sehnen. Wie damals, als Kind.

Ein kleiner Zwischenfall

Julio öffnet die Augen. Dunkelheit. Auf seinem Gesicht spürt er den groben Stoff eines Sackes, der ihm über den Kopf gestülpt wurde und der ihm beim Luftholen an der Nase kleben bleibt. Seine schnellen, heftigen Atemzüge dröhnen in seinen Ohren.

Die Hände sind hinter seinem Rücken gefesselt worden. Plastikhandfesseln graben sich schmerzend in die Haut seiner Handgelenke. Die Muskeln seiner Schultern sind steif und das Taubheitsgefühl hat sich bereits bis in seine Arme ausgebreitet. Er hat das Zeitgefühl verloren und weiß nicht, wie lange er schon hier auf dem Boden sitzt.

Jemand reißt ihm den Sack vom Kopf. Die rasche Bewegung, wie ein Peitschenschlag ins Gesicht. Das gleißende Licht blendet ihn, sodass er seine Augen für einen Moment geschlossen hält, bevor er sie blinzelnd öffnet.

Zuerst sieht er einen mittelgroßen Karton, der vor ihm auf dem Boden liegt. Dann blickt er auf und sieht vier Männer, hinter denen verschiedene Werkzeuge fein säuberlich aufgereiht an der Wand hängen. Etwas weiter entfernt sitzt kerzengerade ein riesiger Rottweiler, den Blick fixierend auf ihn gerichtet. Aus den Augenwinkeln heraus registriert Julio den Rest des Raumes. Gestapelte Kisten, eine Werkbank, ein paar alte Fahrräder ...

Ein kleiner, gedrungener Mann mit einer Tätowierung im Nacken nickt einem anderen Jüngeren, mit auffällig blauen Augen zu. Dieser nähert sich dem Karton und öffnet ihn.

Darin liegt eine Hand. Eine Männerhand. Julio zuckt zusammen und hält den Atem an. Die strohgelbe Haut ist mit trockenem Blut bespritzt, die Fingernägel sind bereits blaugrau und am Mittelfinger ein Siegelring. Julios Gesicht verliert alle Farbe.

Der tätowierte Mann sagt: »Die gehörte dem Letzten, der versucht hat, unseren Kindern Drogen zu verkaufen.«

Julios Adamsapfel zuckt. Er will Speichel schlucken, aber seine Kehle ist trocken.

»Oh Gott, Mann. Das ist ein Missverständnis ...«, stammelt er.

Der Tätowierte nickt dem Jüngeren zu. Dieser geht vor Julio in die Hocke und hält ihm stumm ein Handy dicht vors Gesicht. Es zeigt eine Videosequenz, in der Julio einem Jungen etwas in die Hand drückt. Julio schüttelt vehement mit dem Kopf.

Er versucht, sich aufzurichten, aber der Blauäugige hindert ihn mit einem wuchtigen Schlag auf die Schulter daran. Seine großen, blauen Augen starren Julio mit Verachtung an.

»Hör zu! Das bin ich nicht!«

Ein Faustschlag lässt ihn verstummen. »Halt's Maul, Abschaum.«

Der blauäugige Mann hebt seine Faust, bereit, erneut zuzuschlagen.

Doch Julio lässt sich diesmal nicht einschüchtern.

»Das ist mein Zwillingsbruder, verdammt! Er, er ist der Dealer, doch nicht ich!«

Sein Haar klebt an der verschwitzten Stirn. Er blickt flehend von einem zum anderen, doch alle vier schauen ihn ungerührt an.

»Mein Handy, mein Handy ... Es gibt ein Foto ...«, sagt er hastig und zeigt mit dem Kinn auf seine linke Hosentasche.

»O. K. Schlucken wir den Köder mal«, sagt der tätowierte Mann unbeeindruckt.

Nachdem sie ihm die Plastikhandfesseln abgenommen haben, scrollt Julio mit zitternden Händen durch sein Handy.

Die vier Männer stehen abwartend im Halbkreis um ihn herum.

Als er findet, was er sucht, zeigt er mit ausgestrecktem Arm jedem einzelnen von ihnen das Foto.

Der blauäugige Mann entreißt ihm das Handy und wendet sich den anderen zu.

Julio will aufstehen, aber ein Knurren hält ihn davon ab.

Die vier Männer schauen stumm auf das Handy. Vom Foto aus prosten ihnen zwei lächelnde Julios mit hochgehaltenen Bierflaschen zu.

***

Julio bestellt sich ein Bier und zündet sich eine Zigarette an. Dann nimmt er sein Handy zur Hand und wählt die unter dem Namen »Bruder« gespeicherte Nummer.

»Hey, Mann. Was gibt's? Alles bestens, alles bestens ... Ja, in einer Stunde bekommst du den Stoff ... Nein, Mann, nein, nur ein kleiner Zwischenfall.«

Der Wunsch

Ich stehe vor der Tür deines Hauses. In meiner Hand ein Benzinkanister. Hinter mir tost die See, die du so geliebt hast.

Ich schließe auf, gehe hinein und beginne, alles mit Benzin zu übergießen: deine Bücher, die Decke, die du dir an kalten Tagen über die Schultern geworfen hast, die Tischlampe, die wir auf dem Flohmarkt entdeckt haben – ein richtiges Schnäppchen, fandest du. All das übergieße ich mit Benzin, während die Erinnerungen an dich aus dem Schatten treten.

Vom Tisch aus lächelst du mich an. Neben dir sitzt Nino, dein Hund. Von niemandem außer dir hat er sich anfassen lassen und du hast es damals als ein Zeichen des Schicksals interpretiert. Ihr gehörtet zusammen. Vierzehn Jahre lang. Als er starb, hast du eine Woche lang geweint. Ich stecke euer Foto in meine Jackentasche und mache weiter.

Als ich dich das erste Mal sah, waren wir auf einer Vernissage. Ich hasste solche Events, das weißt du ja und bin nur widerstrebend hingegangen. Jemand stellte uns vor. Deine langen goldenen Ohrringe tanzten bei jeder deiner Kopfbewegungen mit. Du hattest dein graues Haar zu einem Dutt hochgesteckt und deine Lippen schimmerten leicht rosa im hellen Licht der Kunstgalerie. Deine Gelassenheit hat mich gefesselt.

Ich ahnte nicht, dass du zu meiner besten Freundin werden würdest. Eine Freundin, die zuhört, versteht, an deiner Seite ist und niemals ungefragt Ratschläge gab. Wir haben zusammen geredet, geweint und gelacht.

Ich habe mir Sorgen um dich gemacht, als du weiterhin allein in diesem abgeschiedenen Haus leben wolltest, das ein Leben lang dein Zuhause war. Isoliert von allem und jedem. Nur du, Nino und das Meer. Die gelegentlichen Besuche von Freunden hast du genossen, aber im Laufe der Zeit wurden sie dir zu anstrengend. Du brauchtest Ruhe.

Du hast dich in den Sand gesetzt und die Landschaft um dich herum eingeatmet. Denn für dich ruht die Schönheit der Natur nicht nur in den Farbexplosionen der Sonnenuntergänge oder in der Kraft des Meeres. Du hast immer gesagt, dass Schönheit nicht spektakulär sein muss, dass man sie immer und überall finden kann, wenn man nur unvoreingenommen hinschaut.

Für dich lag die Schönheit im Detail. So wie damals, als eine winzige lila Blume vor deiner Tür gewachsen war. Du hast akribisch darauf geachtet, nicht auf sie zu treten, wenn du über die Schwelle tratst.

Sogar im Krankenhaus hast du durch das Fenster hindurch fasziniert den Regen betrachtet, wenn er gegen die Scheiben peitschte, und es genossen.

Du wurdest immer schwächer. Ich habe versucht, dir etwas vorzumachen, aber du wusstest, dass dir nicht viel Zeit blieb. Letzte Woche dann hast du unvermittelt deine Hand auf meinen Arm gelegt und mich darum gebeten, dein Haus zu behalten. Deine Hände, wie dein ganzer Körper von der Krankheit gezeichnet, deine Haut beinah transparent, schien nur noch an den Knochen zu kleben. Ich habe abgelehnt. Der Griff deiner Hand wurde fester. »Dann verbrenn es. Ich will nicht, dass sie es bekommen.«

Sie, die nicht akzeptiert haben, dass du anders warst. Sie, für die dein Anderssein gleichbedeutend mit dem Schlechten war. Es war ihnen nicht genug, dich aus ihrem eigenen Leben zu verbannen, sie mussten dir auch deines zur Hölle machen. Sie haben nie verstanden, dass genau das dich so einzigartig hat, werden lassen.

Ich verlasse dein Haus. Hinter mir eine Benzinspur. Ich schaue einen Moment auf das Feuerzeug in meiner Hand und erfülle dann deinen Wunsch.

Ein Schmetterling lässt sich für einen Augenblick im Sand nieder, aber fliegt dann sofort weiter. Ich erinnere mich an dein Lachen, das Lachen deiner Augen.

Im Auto lege ich dein Foto auf den Beifahrersitz und sehe im Rückspiegel, wie das, was dein Leben war, in Flammen aufgeht. Morgen werde ich dich besuchen. Ich werde dir keine Blumen mitbringen. Es würde dir nicht gefallen, denn Blumen gehören nicht in die Vase.

Vater und Sohn

Ich entdecke die Zigarettenschachtel zwischen deinen Socken, und kalte Wut steigt in mir auf. Vor einem Monat hast du mir hoch und heilig geschworen, nie wieder zu rauchen, nachdem ich dich auf dem Heimweg mit einer Zigarette in der Hand erwischt hatte.

Jetzt stehe ich vor dem Schrank und zähle die restlichen Zigaretten. Es fehlen nur ein paar. Ich lege sie vorsichtig zurück in ihr Versteck und verlasse dein Zimmer. Später kommst du nach Hause, aber ich sage nichts.

Es ist Freitag und während wir Pizza essen, erzählst du mir bis ins kleinste Detail alles, was du heute alles erlebt hast. Ich genieße diese Momente mit dir. Sie sind mir kostbar, denn sie werden seltener, je älter du wirst. Dennoch schwebt heute etwas Dunkles zwischen uns, ein leicht bitteres Gefühl, das ich nicht ignorieren kann.

Du putzt dir die Zähne und ich streiche dir über den Kopf, betrachte einen Augenblick lang unser Spiegelbild und frage dich dann mit vorgetäuschter Gleichgültigkeit: »Du rauchst doch nicht wieder, oder?« Du schaust mich ernst an und verneinst mit einem Kopfschütteln. Ich nicke nur stumm.

Wie jeden Samstag seit dem Tod deiner Mutter gehen wir zum Frühstücken in das Café an der Ecke.

Bei Wind und Wetter sitzen wir auf der Terrasse und schmieden Pläne für den Tag. Ich nehme eine Zigarette aus der Schachtel, zünde sie an und warte, bis du deinen Pfannkuchen aufgegessen hast. Dann frage ich dich: »Willst du einen Zug?«

Eine Minute lang schaust du mich verwirrt an. »Wirklich?«, fragst du mit hochgezogenen Augenbrauen. Ich nicke ermutigend und halte die Zigarette an deine Lippen. Als du deinen Mund öffnest, drehe ich sie blitzschnell herum. Die Glut der Zigarette verbrennt die Haut über deiner Oberlippe in sekundenschnelle.

Sobald ich die Brandwunde in deinem Gesicht sehe, springe ich auf, entschuldige mich. Einmal, zweimal, dreimal. Vergeblich. Dein Blick verrät mir, dass unsere Verbundenheit sich in Luft aufgelöst hat.

Meine Hand will nach deinem Kinn greifen, um mir die Brandwunde genauer anzusehen, aber du schlägst sie weg. Auf deiner Wange eine Träne, stummer Beweis meines Fehlers.

Wieder zu Hause gehst du wortlos in dein Zimmer. Ich sitze auf dem Sofa und lasse diesen unheilvollen Moment immer und immer wieder vor meinem inneren Auge ablaufen, bis meine Schuldgefühle mich zu ersticken drohen.

Ich vergrabe das Gesicht in meinen Händen und murmle: »Es tut mir leid, es tut mir leid, es tut mir leid. Wie konnte ich nur?« Am Ende versagt mir die Stimme und wird zu einem Schluchzen.

Den ganzen Tag verbringst du in deinem Zimmer und ich traue mich nicht, an die Tür zu klopfen, um dich zu fragen, ob du Hunger hast. Der Knoten in meinem Magen wird immer größer und auch ich habe keinen Appetit.

Ich liege angezogen auf dem Bett und denke darüber nach, wie schwer es für mich war, dein Vertrauen zu gewinnen. Als deine Mutter noch lebte, habe ich rund um die Uhr gearbeitet und dich kaum gesehen. Ich kam fast immer erst nach Hause, wenn du schon schliefst. Ehe ich mich versah, warst du neun Jahre alt und deine Mutter nicht mehr da. Wir waren Fremde füreinander.

Drei Jahre lang habe ich gebraucht, um zu verstehen, was es bedeutet, Vater zu sein. Ich bat um eine Verkürzung der Arbeitszeit, und nach und nach sind wir einander nähergekommen, bis unsere Beziehung enger wurde und ich wirklich zum Vater für dich.

Ich drehe mich auf die Seite und schaue aus dem Fenster. Die ersten Sonnenstrahlen sind bereits am Horizont. Ein Blick auf meine Armbanduhr verrät mir die Zeit: Viertel nach sieben. Ich reibe mir die vom Schlafmangel geschwollen Augen und stehe auf. In der Küche schalte ich die Kaffeemaschine ein und nippe an dem heißen Gebräu, den Blick fest auf deine Tür gerichtet.

Sie öffnet sich und ich sehe, wie du das Zimmer verlässt. Du trägst deinen vom vielen Gebrauch abgetragenen Lieblingspyjama, den dir damals deine Mutter geschenkt hatte.

Unverzüglich stelle ich die Tasse auf dem Küchentisch ab und gehe auf dich zu. Ich rufe deinen Namen. Du hältst inne, schaust mich aber nicht an.

»Es tut mir leid. Verzeih mir.«

Du wischst dir die Tränen aus den Augen und blickst schweigend zu mir auf. Die verbrannte Stelle an der Oberlippe ist gerötet. Als ich dich in den Arm nehme, spüre ich deine Steifheit. »Verzeih mir, verzeih mir«, flüstere ich.

Du löst dich aus meiner Umarmung, presst die Lippen aufeinander und siehst mich stumm an.

Bevor du die Badezimmertür hinter dir schließt, sage ich mit unsicherer Stimme: »Ich mache Pfannkuchen, okay?«

Das letzte Wort ist eine Bitte.

Du nickst, ohne dich umzudrehen. Der Knoten in meinem Magen lockert sich.

Werde ich eine zweite Chance bekommen?

Besessenheit

Seine Schlitzaugen ziehen mich schon von Weitem an. Die Frau, mit der er spricht, sagt etwas, das ich nicht verstehen kann. Seine schmalen Lippen öffnen sich leicht zu einem Lächeln, das zwei etwas zu große Schneidezähne bloßlegt.

Um mich herum wird alles still. Die anderen Gäste, ihre Gespräche, die Kellner, die mit Tabletts voller Gläsern durch den Raum laufen, die Hintergrundmusik ... das alles verschwindet. Es gibt nur ihn und mich.

Meine Frau zieht mich am Arm und holt mich in die Realität zurück. Sie führt mich durch die Menge zu ihm. Sie küssen sich sanft auf die Wange und ich spüre einen Stich. Dann stellt sie uns einander vor, aber seine Augen schauen mich nur so kurz an, dass es fast schmerzt.

Er heißt Akio. Der Name hallt in meinem Kopf wieder und ich finde ihn immer schöner. Akio. Wie der erste Regentropfen auf eine karge Einöde, dringt sein Name zu mir hindurch. Akio. Ich behalte den Klang im Mund und koste ihn aus. Seine Melodie erfüllt mein Inneres und elektrisiert mich.

Ich sehe, wie er meine Frau ansieht und der Schmerz in mir wächst an. Warum schaut er nicht mich an? Mein Blick wandert über sein Gesicht, während mein Verlangen nach seiner Aufmerksamkeit wächst.

Ich kenne ihn erst seit ein paar Minuten und habe dennoch das Gefühl, dass ich alles für ihn aufgeben würde.

Meine Frau macht ihm Komplimente für seine Bilder. Er lächelt ihr dankbar zu und ich hasse sie dafür. Sie verabschieden sich und ich halte ihm meine Hand hin. Der Druck seiner schmalen Finger brennt auf meiner Haut, aber sein Blick bleibt distanziert. Eine eisige Kälte drückt auf meine Brust.

Die Galerie füllt sich. Eine Stunde lang machen wir gemeinsam die Runde. Während meine Frau mit ihren Bekannten plaudert, verfolgt mein Blick ihn verlangend. Ich versuche, ihn in der wachsenden Menge nicht aus den Augen zu verlieren und mache dabei kleine innerliche Schnappschüsse von ihm: Wie er leicht seinen Kopf senkt, um jemanden besser zu hören, die dunklen hochgezogenen Augenbrauen, die seine Überraschung widerspiegeln, seine schmalen Schultern, die ich zu gerne streicheln würde.

Ich sehne mich nach seinem Blick, will, dass er mich ansieht, will, dass seine Pupillen mich verschlingen. Doch wie die Luftmoleküle, die uns trennen, bin ich für ihn unsichtbar.

Von tiefer Verzweiflung ergriffen, durchquere ich den Raum.

Mein Magen kämpft gegen die aufsteigende Übelkeit an und ich bekomme kaum noch Luft.

Dann trete ich vor ihn und sage laut seinen Namen.

Ans Meer

Der Tod will ans Meer.

Je mehr er darüber nachdenkt, desto mehr wächst dieser Wunsch in ihm. Hunderte von Malen hat er sich das vorgestellt: im Sand sitzen und stundenlang aufs Meer hinausschauen, alles ruhig, bis auf das Rauschen des Meeres.

Außerdem, seit er berufstätig ist, arbeitet er tagein, tagaus und hat keinen einzigen freien Tag genommen. Er ist der Beste in seinem Gewerbe: zuverlässig und immer bereit, Seelen einzusammeln, unabhängig von der Uhrzeit. Und diese Professionalität bringt ihm mehr Arbeit ein, als er je hatte hoffen können.

Manchmal spürt er sogar einen Hauch von Stress, denn seine Hauptauftraggeber − Gott und der Teufel − haben mit einer Menge Seelen zu tun, wenn auch auf sehr unterschiedliche Weise.

Natürlich hat er das Meer schon mehr als einmal gesehen. Schließlich reist er beruflich rund um die ganze Welt. Trotzdem, seit dieser Gedanke in seinem Kopf aufgetaucht ist, steht er immer mehr neben der Spur. Am Montag hatte er beinahe die falsche Seele eingesammelt. So kann es nicht weitergehen.

Doch so sehr er sich auch den Kopf zerbricht, eine Lösung will ihm nicht einfallen. Schon, er könnte sie anrufen und ihnen einfach mitteilen, dass er Urlaub macht. Aber man weiß ja, wie so etwas funktioniert: Wenn man nur einmal einen Job nicht annimmt, kommt man auf die schwarze Liste. Das wäre der Anfang vom Ende.

Nein, das geht nicht. Er muss sich etwas anderes einfallen lassen. Aber was? Weihnachten steht vor der Tür und es wird erneut Hochsaison sein – tja, Alkohol und lästige Angehörige: keine gute Kombination – und deshalb will er vorher unbedingt ans Meer, wenn auch nur für einen Tag.

Die Tage vergehen, doch er hat immer noch keine Lösung gefunden. Sein Stress nimmt zu und er spürt, wie seine Freude an der Arbeit sich allmählich auflöst. Er genießt es nicht mehr, die Zeitungen zu lesen, um über die Geschehnisse in der Welt informiert zu sein, damit er seinen Zeitplan entsprechend gestalten kann. Er hat keine Lust mehr, Seelen einzusammeln und danach ein wenig mit dem Apostel Petrus zu plaudern. Er ist ständig müde und eine tiefe Traurigkeit macht sich in ihm breit.

Dann, eines Morgens, als er lustlos durch die Zeitung blättert, stößt er auf die Nachricht, dass eine Gruppe von Rentnern vorübergehend zur Arbeit zurückgekehrt sei. Das ist es!

Er durchsucht alle Schubladen, Papiere und Krimskrams und findet sie schließlich: die Kontaktdaten seines Vorgängers.

Er ist zwar etwas zu alt und in keiner so guten körperlichen Verfassung, aber es wäre ja nur für einen Tag.

Am nächsten Morgen macht sich der Tod auf den Weg zum Meer. Dort breitet er eine Picknickdecke im Sand aus, isst genüsslich seine Sandwiches mit Ei und Mayonnaise und verbringt die Stunden, ohne eine einzige andere Seele zu sehen. Nur er und das Meer. Das Salzwasser auf seinem Gesicht, seine Ohren erfüllt vom sanften Rauschen der Wellen.

Er hält ein Nickerchen, sucht am Ufer nach bunten Steinen, taucht seine Füße ins kalte Wasser und beobachtet am Ende des Tages den Sonnenuntergang. Er fühlt sich entspannter und glücklicher als je zuvor. Das war das erste, aber nicht das letzte Mal, flüstert er sich selbst zu.

Bevor er seine Sachen zusammenpackt, scrollt er noch schnell die Website mit der Liste der heute eingesammelten

Seelen durch. Null Seelen. Verwirrt aktualisiert er die Seite. Null Seelen. Dann sieht er die Nachrichten. Mit zitternden Händen klickt er die erste an.

Gott: Was zum Teufel ist los? Wir haben immer noch keine einzige Seele im Himmel empfangen.

Und weiter ...

Teufel: Was um Gottes willen ist passiert? Wo sind meine irregeleiteten Seelen?

Eine halbe Stunde später ...

Gott: Sollte ich Petrus Ihrer Meinung nach den Tag freigeben? - Reine Ironie

Teufel: Ich bestehe auf meine Seelen, hier und jetzt!

Vergeblich versucht er, mit seinem Vorgänger Kontakt aufzunehmen. Dieser geht nicht ans Telefon.

Als er höflich an der Wohnungstür seines Vorgängers klingelt, öffnet auch niemand. Also dringt er kurzerhand durch die Wand.

Sein Vorgänger sitzt in einem Sessel. Er ist am Leben, aber er atmet nur noch schwach und unregelmäßig.

Der Tod schaut nach, welche Seelen für den heutigen Tag fällig waren, und dort, ganz oben auf der Liste, findet er den Namen seines Vorgängers.

Seufzend stellt er den Picknickkorb ab und macht sich an die Arbeit. Es wird eine lange Nacht werden.

Ungeheuer

Ich suche meinen eigenen Blick im Spiegel, denn das ist das Einzige an mir, was ich noch ertragen kann.

Im Hintergrund schwillt der Lärm der aufgeregten Menschenmenge an, die allmählich das Zelt ausfüllt. Es ist Samstag und die Leute freuen sich auf eine kurze Ablenkung in ihrem Alltagstrott.

Ohne meinen Blick vom Spiegel abzuwenden, taste ich nach der Puderdose, öffne sie und beginne, meine Nase leicht zu pudern.

Ich überwinde meinen Widerwillen und lasse meinen Blick über ein übermäßig großes Gesicht schweifen. Das ist der einzige Moment, in dem mich die Erinnerungen an mich selbst quälen: Wenn ich mein Spiegelbild betrachte.

Trotz all der Schmerzen war meine Akromegalie am Anfang keine so große Sache für mich. Aber dann, nach dem Tod von Thomas, blieb mir nichts anderes übrig, als mich der Welt allein zu stellen. Die Bedürfnisse der Kinder waren zweifelsohne wichtiger als meine Furcht vor den entsetzten Blicken meiner Mitmenschen.

Nachdem mir die zweifelhafte Ehre der »hässlichsten Frau der Welt« zugesprochen wurde, habe ich eine Nummer in der allseits bekannten »Freak Show« bekommen. Seitdem verbringe ich die Tage zwischen meinen Auftritten in der Gesellschaft anderer »menschlicher Raritäten«, die ebenfalls von der Schadenfreude der Leute an Groteskem profitieren.

Widerstrebend erhebe ich mich und steige vorsichtig die drei Stufen meines Wohnwagens herunter. Von Weitem höre ich den Beifall, die lauten »Aahs« und »Oohs«, das frenetische Klatschen.

Ein neuer Auftritt wartet auf mich.

Paradoxe Schuldgefühle

Dutzende winziger Ameisen liegen reglos in meiner Dusche. Tot.

Ich drehe den Warmwasserhahn auf und betrachte sie, wie hypnotisiert, während ich meine Hand unter den Wasserstrahl halte und darauf warte, dass es die perfekte Temperatur erreicht.

Ein Teil von mir fühlt sich schuldig. Schließlich war ich diejenige, die sie gestern getötet hat. Ich hatte den Hahn aufgedreht und mit dem kräftigen Wasserstrahl auf sie gezielt, sie auseinander gescheucht, ertränkt und versucht, in den Abfluss zu treiben. Kleine, unschuldige, fleißige Wesen, immer auf der Suche nach Nahrung. Jetzt liegen sie da, reglos wie leblose, winzige Kohlestücke.

Der andere Teil in mir frotzelt: Es sind doch nur Ameisen, Montse, AMEISEN!

Ich betrachte die Ameisen ein weiteres Mal und richte dann erneut den Wasserstrahl auf sie. Ihre wehrlosen Körperchen verschwinden im Abfluss.

Dann lasse ich den Strahl glasklaren Wassers auf meinen Körper prasseln, in der Hoffnung, dass auch meine lästigen Schuldgefühle im Abfluss versinken.

Schuhlos

Eine Frau geht vor mir her. Sie sieht sich um, so als ob sie nach jemandem oder nach etwas sucht. Zwischen ihren Fingern die unangezündete Hälfte einer offensichtlich selbst gedrehten Zigarette.

Als sie nach rechts schaut, sehe ich ihr Gesicht. Das ist voller Falten. Das kurze Haar klebt nass und ungekämmt an ihrem kleinen Kopf.

Trotz der Kälte ist sie nur mit einem braunen Netz-T-Shirt, das ihren nackten Rücken zeigt, bekleidet und mit einem Paar blauer Trainingshosen, die ihr zu groß sind und auf deren linkes Hosenbein sie tritt.

Sie trägt keine Schuhe. Ihre Füße stecken lediglich in grauen Socken. Bei jedem Schritt sehe ich, wie sie immer schmutziger werden.

Sie weicht einer kleinen Pfütze auf dem Bürgersteig aus und biegt dann an der Straßenecke links ab. Ganz im Gegensatz zu ihrem Gesicht, das alt aussieht, ist ihr Gang energisch, fast athletisch. Wie so oft, wenn ich Leute auf der Straße beobachte, frage ich mich, wohin sie wohl gehen mag.

Ich habe den Eindruck, dass sie obdachlos ist. Sie hat diese gewisse Ausstrahlung, die man oft an Menschen wahrnimmt, die auf der Straße leben, eine seltsame Mischung aus Resignation, Einsamkeit und Niederlage.

Das könnte jedem von uns passieren. Aber wir denken, wir sind anders. Wir sind keine Verlierer, wir haben eine Familie, ein Haus und einen Job. Und wir vergessen, wie ungerecht das Schicksal sein kann. Wir vergessen, dass sie wahrscheinlich auch einmal eine Familie, eine Wohnung und ihren Arbeitsplatz hatten. Und vielleicht haben auch sie gedacht, dass ihnen so etwas niemals passieren würde.

Als ich sie aus den Augen verliere, geht mir eine Frage nicht aus dem Kopf: Warum trug sie keine Schuhe?

Trostlosigkeit

»Ich gehe jetzt und komme nie wieder zurück!« Die Frau dreht sich um und geht auf die Haustür zu. Ihre Schritte sind unsicher und hin und wieder muss sie sich mit einer Hand an der Wand abstützen, um ihr Gleichgewicht nicht zu verlieren.

Das Kind schaut hilflos zu seinen Geschwistern hinüber. Es versteht nicht, warum sie alle gleichgültig sitzen geblieben sind, anstatt die Frau am Fortgehen zu hindern.

Nach einem Augenblick läuft es ihr hinterher. »Bitte geh nicht!« Es greift nach ihrem Rockzipfel und versucht, sie zurückzuhalten. Ohne ihm ihre Aufmerksamkeit zu schenken, tritt sie aus der Wohnung.

Obwohl der Sechsjährige nicht stark genug ist, um sie aufzuhalten, lässt er sie nicht los und sein Flehen wird noch inständiger.

In dem langen Korridor des Gebäudes ist alles still, bis auf sein Weinen, das im Treppenhaus widerhallt.

Die Frau wendet sich ihm zu, beugt sich zu ihm hinunter und sagt leise: »Shh. Sei nicht so laut. Ich gehe nicht weg. Ich bin bald wieder da. Geh zurück in die Wohnung.« In ihrem Atem ein Hauch von Alkohol, den das Kind noch nicht einordnen kann.

Der kleine Junge sieht sie misstrauisch, aber voller Hoffnung an. Er würde ihr zu gern glauben, aber vielleicht ist das doch nur wieder eine andere Lüge von ihr. Die Frau beginnt, die Treppe hinunterzugehen, ohne sich noch einmal nach dem Kind umzudrehen.

Er tappt hinter ihr die Treppe herunter. Jede hohe Stufe eine Herausforderung für seine kurzen Beinchen. Doch als er den ersten Stock erreicht, bleibt er stehen. Die Frau hat das Wohnhaus bereits verlassen und er kann nur hoffen, dass seine Mutter die Wahrheit gesagt hat und wirklich zurückkommen wird.

Mit bleiernen Schritten steigt er langsam die Treppe wieder hinauf.

Mittwochs
Für Raúl

Jan schaute auf seine Armbanduhr. Er musste sich beeilen, sonst würde er den Bus verpassen. Obwohl sein Rucksack mit Steinen vollgepackt zu sein schien und schwer an seinem Rücken hing, begann er loszulaufen.

Als er in die Straße einbog, sah er den Bus bereits an der Haltestelle stehen. Er setzte zu einem letzten Sprint an.

Völlig erschöpft und außer Atem erreichte er den Bus, genau in dem Moment, als die Bustüren sich schlossen. Der Fahrer schaute ihn missmutig an und drückte, wenn auch widerwillig, den Knopf und die Türen öffneten sich erneut.

Erleichtert stieg Jan ein und ließ seinen Blick sofort suchend durch die Bankreihen wandern, als würde er nach einem noch freien Sitzplatz Ausschau halten. Er fand, was er gesucht hatte, einen Platz in der letzten Reihe, setzte sich und tat so, als würde er sein Handy überprüfen.

Das tat er aber nicht. Jan beobachtete jemanden. Er konnte der Versuchung nicht widerstehen.

Er nahm sich Zeit, ließ seinen Blick so unauffällig wie möglich, langsam hinuntergleiten, von dem widerspenstigen Haarwirbel zu den breiten Schultern, bis hin zu der kräftigen Rückenmuskulatur, die sich unter dem eng anliegenden blauen T-Shirt abzeichnete.

Wie könnte er vorgehen, wie auf sich aufmerksam machen, ohne ins Fettnäpfchen zu treten? In seinem Kopf spielten sich alle möglichen Szenarien ab, doch wie jede Woche verwarf er eins nach dem anderen. Entweder war es zu albern oder zu dumm, zu lächerlich oder zu kindisch, aber vor allem: zu offensichtlich.

Jan fuhr zusammen. Verdammt, an der nächsten Haltestelle würde der junge Mann aussteigen und es würde wieder zu spät sein. Verzweifelt suchte er nach ein paar Worten, nach irgendetwas, womit er auf sich aufmerksam machen konnte.

Dabei war er so in sich selbst vertieft, dass er nicht bemerkte, wie der junge Mann sich erhob, zu ihm umdrehte und ihm verschmitzt zuzwinkerte.

»Bis nächsten Mittwoch«, sagte er, hob kurz die Hand und stieg lächelnd aus dem Bus.

Der Baum

Der hochgewachsene Baum wiegt und biegt sich im Herbstwind, wehrt sich gegen die Schläge.

Die bereits vergilbten Blätter klammern sich entschlossen an die Zweige. Bei jedem Windstoß kann man ihr Flüstern hören: Nicht loslassen! Nicht loslassen!

Doch jeder Krieg fordert seine Opfer und ein paar Blätter werden fortgerissen, flattern langsam zu Boden.

Dort bleiben sie liegen, wie einsame Kinder, denen man die Freunde entrissen hat.

Der heftige Wind gibt nicht auf und peitscht ungestüm gegen die Äste und Zweige, während der Baum stoisch versucht, dem Unvermeidlichen zu entgehen.

Die Blätter, die die Zweige seit dem Frühling geschmückt haben, ihm seine Schönheit verliehen, werden bald ihre Kraft verlieren und von ihm abfallen. Die Gesetze der Natur sind stärker als der Wille des Einzelnen. Nichts währt ewig.

Der Baum verliert eine weitere Handvoll seiner geliebten Weggefährten. Wie er es hasst, sich so ohnmächtig zu fühlen.

Jahr für Jahr leidet er unter diesem für ihn schmerzhaften Verlust, den die immer kürzer werdenden Tage mit sich bringen.

Doch er wird sich weiterhin sträuben, wird störrisch dem Wind standhalten, selbst wenn er weiß, dass es vergeblich ist, dass er nicht gewinnen kann.

Er spürt die Niederlage bereits in seinen Rinden.

Mut

Ich betrachte die Sterne. Meine Mutter hat mir ihre Sprache beigebracht, so wie auch ich sie meinem eigenen Kind beibringen werde, wenn dieses Wesen, das nun in mir wächst, geboren werden kann, wenn ich bis dahin überlebe.

Am wolkenlosen Nachthimmel halte ich Ausschau nach Deneb, dem hellsten Stern am Firmament, dessen Licht uns durch die Dunkelheit führen wird. Um uns herum nur das riesige Ödland und die Leere.

Ich bringe mein Volk in Sicherheit, bevor die Morgendämmerung einsetzt, denn dieser Moment, wenn der Mond und die Sonne ihre Rollen tauschen, ist der gefährlichste von allen.

Wir leben in der Nacht, sie leben am Tag. Die Dämmerung, die einzige Verbindung zwischen unseren Welten.

Sie sind die Jäger, wir sind die Beute. Wir kämpfen beide darum, einen weiteren Tag in dieser von uns Menschen zerstörten Welt zu leben.

In der Ferne erkenne ich die unauffällige Markierung, die auf unseren Zufluchtsort hinweist. Meine von diesen vier langen Tagen erschöpften Beine gewinnen ihre verlorene Kraft zurück und die schwere Last wird leichter. Ein Aufatmen der Erleichterung und Zufriedenheit geht durch die Gruppe, als wir uns unserem Ziel nähern und die Gefahr hinter uns glauben.

Doch dann ein Schatten. Ich halte inne. Mein hektischer Blick durchdringt die Dunkelheit, während das Adrenalin meine Muskeln auf die Flucht vorbereitet. Rasende Gedanken, unruhiger Atem.

Plötzlich ein stechender Schmerz in der Seite. Ich taste mit meiner Hand danach und spüre das Blut, das meine Kleidung durchtränkt. Wie im Traum höre ich die immer lauter werdenden Schreie. Sie haben uns entdeckt.

Mein Instinkt verlangt, dass ich weglaufe, so wie ich es mein ganzes Leben lang getan habe, so wie es meine Eltern und deren Eltern vor ihnen getan haben.

In dieser Nacht jedoch werde ich zum ersten Mal nicht fliehen, sondern ihnen die Stirn bieten und kämpfen.

Kämpfen gegen diese Menschen, die uns wie Tiere jagen.

Für mein Kind, für unsere Vorfahren, für unser Volk und unsere Freiheit.

Ich werde kämpfen und ich werde siegen.

Die Leere

Ich habe nichts zu verlieren. Jetzt nicht mehr. Sie haben meine gesamte Familie getötet, als Vergeltung dafür, dass ich mich weigerte, zu tun, was sie von mir verlangten.

Nun ist mein einziger Begleiter dieses Messer. Ich benutze es zum Kartoffelschälen und zum Töten. Ich töte mit ihm, die, die mir alles genommen haben.

Dabei gehe ich der Reihe nach vor. Ich folge ihnen, präge mir ihren Tagesablauf ein, arbeite mich langsam vor – ruhig und entschlossen, bis der richtige Zeitpunkt da ist. Dann bringe ich sie um. Und so werde ich weitermachen, bis ich zu demjenigen vordringe, der ganz oben steht auf meiner Liste. Auf den Mann, der für den Tod meiner Tochter, meines Bruders, meines Vaters und meiner Mutter die Verantwortung trägt.

Ich habe keine Eile. Ich kann warten. Meine Geduld ist endlos und mein Ziel ist klar. Ich kann warten, denn das ist alles, woraus mein Leben noch besteht.

Die schmerzhaften Erinnerungen sind verblasst. Ich weine nicht mehr. Meine Tränen sind versiegt.

Und doch, jeden Morgen, bevor ich die Augen öffne, könnte ich schwören, dass das alles nur ein Albtraum war, und Emilia, meine kleine Emilia, tief und fest in ihrem Zimmer schläft.

Die Realität holt mich jedoch schlagartig ein und mit ihr mein unstillbares Verlangen nach Vergeltung.

Es erfüllt mein ganzes Wesen.

Es hilft mir morgens aufzustehen, einen weiteren Tag in einer jetzt für mich leeren Welt zu verbringen, bis ich meine Aufgabe zu Ende gebracht habe.

Bis ich den Letzten auf meiner Liste getötet habe.

Mich selbst.

Das blaue Fahrrad

Ich erinnere mich noch ganz genau an das blaue Fahrrad. Es war alt, hatte an einigen Stellen den Lack verloren, riesige Räder und war viel zu groß für mich.

Doch auf ihm habe ich – mithilfe meines Bruders – das Fahrradfahren gelernt. Mit der Entschlossenheit und Hartnäckigkeit einer Sechsjährigen.

Unendliche Male bin ich heruntergefallen und trotz zerkratzter Hände und blutiger Knie erneut aufgestiegen – manchmal vermisse ich meine Furchtlosigkeit von damals.

Sobald ich das Gleichgewicht halten konnte, bin ich allein die nachmittäglich leeren Straßen unseres Viertels gedüst: Die Füße flink auf den Pedalen, Oberkörper und Kopf dicht am Lenker, um noch schneller zu sein. Den Wind im Gesicht, das klopfende Herz, süchtig nach diesem Gefühl der Freiheit.

Und dann, am Ende der Straße angelangt, rasch absteigen, umständlich wenden – ich wusste noch nicht, wie man's richtig macht – wieder rauf aufs Fahrrad und mühsam die Steigung hoch strampeln.

Wir hatten nur dieses eine Fahrrad und meine Geschwister und ich mussten es uns notgedrungen teilen. Also wechselten wir fünf uns ab und warteten geduldig, bis wir wieder an die Reihe kamen. Hippelig zählte ich die Minuten, die mir wie Stunden vorkamen, bis ich wieder dran war.

Wenn eines meiner Geschwister dennoch versuchte, sich vorzudrängeln und mir meinen Platz streitig zu machen, griff ich mit aller Entschiedenheit nach dem Fahrrad und behauptete mich. Wenn man die Jüngste in der Familie ist, muss man lernen, für seine Rechte zu kämpfen.

Diese Momente des Glücks würde mir niemand nehmen können.

Der Pool

Der Pool ist leer. Im Park wird es still.

Das freudige Geschrei der Kinder ist verstummt. Das Wasser, das noch bis vor Kurzem ihre erhitzten Körper gekühlt hatte, schwappt jetzt ruhig vor sich hin. Es hat seinen Soll für heute erfüllt.

Noch zeichnen sich auf dem Rasen die Silhouetten der Badegäste ab, die sich dort stundenlang in der Sonne gerekelt haben.

Vorsichtig erobern die Vögel ihr Habitat, das sie während der brennend heißen Stunden des Tages gemieden haben, zurück.

Kleine Spatzen flattern hier und da durch die kühler werdende Abendluft. Sorgfältig suchen sie den Rasen ab und finden vereinzelt die erhoffte Belohnung: den Rest eines Kartoffelchips, einen Brotkrümel und − wenn einer ganz großes Glück hat − sogar ein paar Sonnenblumenkerne.

Auch Tauben, Amseln und Elstern wollen ihr Glück versuchen. Sie alle beeilen und machen sich auf ihre eigene Schatzsuche.

Die Sonne versinkt am Horizont. Ein weiterer Sommertag ist vorbei.

Der einsame Pool wartet im Halbdunkel auf die Rückkehr der Kinderschar, die die Morgensonne mit sich bringen wird.

Am Abgrund

Ich fahre mit der Hand durch dein jetzt grau meliertes Haar und erinnere mich an unsere erste Begegnung. Du warst damals ein hochgewachsener, kräftiger, junger Mann. Grüne Augen und unglaublich widerspenstige schwarze Locken.

Das war vor achtundzwanzig Jahren. Wie die Zeit vergeht.

Während ich dich eingehend betrachte und nach einem kleinen Lebenszeichen Ausschau halte, denke ich an unser gemeinsames Leben zurück: an die guten und die schlechten Zeiten.

Ich verschränke meine Arme vor der Brust und presse sie fest an meinen Körper, um das Zittern meiner Hände zu unterdrücken.

Unser letztes Gespräch ist mir noch zu gut in Erinnerung. Wir waren mit Anna und Peter zum Abendessen aus und ich hatte mich wieder einmal über dich geärgert. Ja, ich war wütend. *Warum machst du das? Drei Gläser Wein? Du weißt, wie gefährlich das jetzt für dich ist. Keinen Alkohol, hat der Arzt gewarnt!*

Das war nicht das erste Mal, dass wir eine solche Diskussion hatten.

Und auch deine Antwort war immer dieselbe: Du wolltest nur das Abendessen genießen.

Nutzlose Diskussionen, die immer zum gleichen Ende führten:

Unter Tränen versichere ich dir, dass ich Angst um dich habe, mich sorge, dich nicht verlieren will.

Dann entschuldigst du dich, nimmst mich in die Arme und versprichst, mehr auf deine Gesundheit zu achten und auf den Arzt zu hören.

Und nun liegst du da, regungslos, den Mund geöffnet, die Augen geschlossen, deine Atmung so schwach, dass man sie ohne das rhythmische Piepen der Beatmungsmaschine nicht wahrnehmen würde.

Meine Angst ist zur Realität geworden. Seit 3 Tagen wache ich in diesem unbequemen Sessel an deinem Bett und warte darauf, dass du aus dem Koma erwachst.

Deine Mutter war vor einem Augenblick hier. Sie meinte, sie könne mich ablösen. Natürlich ist es kein Gefallen, den sie mir tun will, sondern eine klare Aufforderung zum Gehen.

Sie konnte mich noch nie leiden. Wie denn auch? Schließlich habe ich dich »verführt« und ihr die Möglichkeit, Großmutter zu werden, genommen. Und selbst wenn, ihrer Ansicht nach braucht ein Kind eine Mutter und einen Vater, auf keinen Fall aber zwei Väter.

Höflich, aber entschieden, habe ich ihr Angebot dankend abgelehnt. Ich kann nicht gehen. Ich muss bei dir sein, muss deine Hand in meine nehmen können, mit dir sprechen, dich bitten aufzuwachen, dich anflehen, zurückzukommen zu mir, ins Leben. Denn ohne dich habe ich kein Leben mehr.

Doch störrisch klammerst du dich an diesen künstlichen Traum, der dich von mir fernhält und meine Hoffnungen lösen sich auf, wie Zucker in Essig.

Ich lehne meine Wange an deine unbewegliche Hand und lasse meiner Verzweiflung, meiner Wut, dem Schmerz und den Tränen freien Lauf.

Dann ein beinah unmerkliches Zucken deines Zeigefingers.

Das Gebet

Ich sitze auf dem Sofa und hoffe auf Regen. Es ist Mitte September.

Die Balkontür steht weit offen. Der kühle Wind, der einem Sturm vorausgeht, ruft einen leichten, aber angenehmen Schüttelfrost in mir hervor.

Statt die Tür zu schließen, hülle ich mich in eine dünne Decke.

Ich liebe es, diesen Kontrast zwischen meinem warmen Körper und der kühlen Frische auf meinen Wangen zu spüren.

Es muss regnen. Die Felder sind seit Langem ausgetrocknet, die Bäume am Verdorren und die Tiere in den Wäldern laufen Gefahr zu verdursten.

Alles Lebendige leidet unter dieser unerträglichen Dürre und schreit nach Wasser, dem Einzigen, was uns retten kann.

Ganze Landstriche sind bereits den alles verschlingenden Flammen zum Opfer gefallen.

Feuer. Zerstörung und Erneuerung.

Dicke, dunkle, schwarze Wolken ziehen vom Meer her auf und verheißen Regen. Für viele wird er zu spät kommen.

Dann ein heftiger Donner, wie ein Paukenschlag und die ersten Tropfen prasseln auf die Erde – kling, klong, kling, klong – erst zaghaft, dann stärker werdend, schneller, beinah wütend.

Ich stehe auf, gehe zur Balkontür, atme tief ein und lasse dankbar den Duft des Regens in meine Lungen strömen.

Die Gebete wurden erhört. Endlich.

Abbruch

Ich mache Schluss mit Margot. Nur ein Wort kommt aus ihrem Mund: warum? Eine Frage, auf die ich unverblümt antworte: Ich verdiene jemanden Besseren. Sie sieht mich stumm an und verlässt dann das Café. Ein Tropfen nach dem anderen gleitet von ihrem unangetasteten Eistee auf den Tisch hinab und bilden dort eine kleine Lache.

Als sie geht, folge ich ihr mit den Augen. Ich bin erleichtert und gleichzeitig enttäuscht. Sie hat kein Drama daraus gemacht: Ist es ihr tatsächlich egal, dass ich unsere Beziehung beende? So wenig bedeute ich ihr?

Am nächsten Tag erstelle ich mir ein Profil in einer Dating-App.

Es sind schon zwei Monate vergangen seit meiner Nasenkorrektur und die schwarzen Ringe unter den Augen sind fast unsichtbar geworden. Ich schminke mich und nehme mehrere Fotos aus verschiedenen Winkeln auf, bis ich mit dem Ergebnis zufrieden bin.

Drei Wochen vergehen. Nichts. Nur ein paar One-Night-Stands. Eine weitere Nacht verbringe ich auf dem Sofa und zappe in einer Endlosschleife von einem TV-Kanal zum anderen.

Ich würde es nie im Leben zugeben, denn meine Gedanken überraschen mich selbst zutiefst, aber ich vermisse Margot. Mehr als ich je für möglich gehalten hätte. Ihre Aufmerksamkeit, ihre Wärme und ihr bissiger Sinn für Humor fehlen mir. Sehr sogar.

Zwei Tage später treffe ich sie zufällig vor einem Café. Sie sieht umwerfend aus. War sie schon immer so hübsch? Ich lächle ihr zu.

Sie begrüßt mich unbefangen und küsst mich wie selbstverständlich auf die Wange. Ich rieche ihr Parfüm. Es ist neu.

Gerade als ich ihr den Vorschlag machen will, uns gelegentlich zu treffen, öffnet sich die Tür des Cafés. Eine Frau mit langen braunen Haaren kommt auf Margot zu und sucht nach ihrer Hand. Gegenseitige Vorstellungen, einige leere Worte und der Abschied.

Ich schaue ihnen nach, wie sie Hand in Hand davon marschieren. Nur einen Augenblick. Dann drehe ich mich um. Ihre Intimität erinnert mich schmerzlich an *unsere* einst so vertraute Zweisamkeit.

Ich nehme das Handy aus meiner Manteltasche und öffne die Dating-App.

Der Kater

Der Kater sitzt seit mehreren Stunden vor der Haustür, völlig bewegungslos, als wäre er aus Wachs.

Am Anfang hatte Vera vermutet, er gehöre den neuen Nachbarn, die vor fünf Tagen gegenüber eingezogen sind. Aber jetzt ist sie sich nicht mehr so sicher. Was macht er da? Worauf wartet er?

Die Neugier treibt Vera ein weiteres Mal zur Tür. Durch die verzierte Glasscheibe beobachtet sie ihn. Er sieht relativ gepflegt aus und sogar ein wenig pummelig. Mit Sicherheit hat er einen Besitzer.

Unvermittelt schaut er zu Vera auf und miaut sanft. Instinktiv öffnet Vera die Haustür. Der Kater miaut erneut und schreitet langsam und grazil an ihr vorbei ins Haus.

Zielstrebig tappt er Richtung Sofa und macht es sich mit einem Satz dort bequem.

Nachdem er sorgfältig seine Pfoten geleckt hat, rollt er sich mit einem imponierenden Gähnen zusammen und schläft anscheinend sorglos ein. Offensichtlich fühlt er sich hier zu Hause.

Vera ist sprachlos. Was soll sie nun tun? Ratlos geht sie in die Küche und setzt den Wasserkessel auf. »Abwarten und Tee trinken«, ist ihr Motto.

Während sie darauf wartet, dass das Wasser zu kochen beginnt, lauscht sie der regelmäßigen Atmung des schlummernden Katers. Er kommt ihr bekannt vor. Aber woher sollte sie einen Kater kennen?

Mit der Tasse in der Hand setzt sie sich vorsichtig neben ihn aufs Sofa.

Während sie an dem heißen Tee nippt, fällt ihr Blick auf das Halsband des Katers. Es ist dunkelrot und an ihm hängt ein außergewöhnlich großer runder Stein. Vorsichtig beugt sie sich zu ihm hinunter, um den Stein genauer in Augenschein zu nehmen. Ein Granatstein.

Ein Bild schießt ihr durch den Kopf. Augenblicklich erhebt sie sich vom Sofa und erschreckt damit den Kater, der sie erstaunt anschaut. »Wo ist sie nur, wo ist sie nur?«, murmelt sie vor sich hin, während sie nach und nach alle Schubladen im Wohnzimmer durchsucht.

Als sie vor zwanzig Jahren das Haus gekauft hatte, war dieses voll mit all dem Hab und Gut der vorherigen Besitzerin. Die Dame hatte keine Erben und der Nachlassverwalter hatte den Preis des Hauses unter der einen Bedingung ermäßigt, dass Vera auch den gesamten Nachlass übernahm. Sie hatte beinahe alles weggegeben, mit Ausnahme von einer sehr schönen alten Kommode, in der sich unter anderem eine rechteckige Blechdose mit vergilbten Fotos befand. Aus irgendeinem Grunde hatte sie es damals nicht übers Herz gebracht, die Fotos wegzuwerfen.

Ungeduldig durchsucht Vera alle Schubladen, bis sie schließlich auf die dunkelblaue Blechdose stößt. Sie schüttet den Inhalt aus und verteilt mit beiden Händen die Fotos auf dem Boden. Dann nimmt sie eins nach dem anderen zur Hand, bis sie findet, wonach sie gesucht hat.

Eine junge Frau in viktorianischer Kleidung schaut sie vom Foto her an: die vorherige Besitzerin des Hauses. Neben ihr sitzt ein Kater, an dessen Halsband ein Granatstein hängt.

Ein leichter Schauer läuft ihr über den Rücken.

Der Käfig

Er lehnt seinen Kopf an meine Schulter. In mir schreit alles auf. Selbst diese leichte Berührung ist mir unerträglich.

Ich zwinge mich, nicht unvermittelt vom Sofa aufzuspringen, um mich dieser ekelhaften Annäherung zu entziehen. Ihm aus vollem Halse die Wahrheit ins Gesicht schreien: Dass ich seine Gegenwart nicht mehr ertrage, dass ich mich lieber umbringen würde, als mich noch einmal von ihm anfassen zu lassen, dass ich ihn nie geliebt habe …

Das tue ich aber nicht. Ich bleibe sitzen, wie versteinert, und starre ins Leere. Nichts an mir verrät, welch ungeheure Qual mich innerlich zerfrisst.

Meine ineinander verflochtenen Hände liegen täuschend still in meinem Schoß und warten mit unsichtbarer Unruhe auf das Ende dieses widerlichen Momentes verlogener Zweisamkeit.

Mein Gehirn versucht − so gut es kann, die Reize zu blockieren, die seine Berührung auf meiner Haut auslöst.

Mein ganzes Sein ist gefangen, ungeduldig wie ein Vogel, der, eingesperrt in einem Käfig, sich nach der Freiheit sehnt, die der nächste Morgen vielleicht mit sich bringen wird.

Im Schatten

Adela war glücklicher als je zuvor. Ihr Vater war tot. Endlich war er tot. Es war ihr bewusst, dass manche Leute diese Gefühle nicht verstehen würden, dass sie sie wahrscheinlich sogar als Unmenschen betrachten würden, falls sie darüber spräche. Doch das war ihr egal.

Sie war frei. Zum ersten Mal in ihrem Leben, außer Lebensgefahr.

Solange sie denken kann, war ihre Familie anders als alle anderen. Ebenso fasziniert wie neidisch, beobachtete sie tagtäglich, wie die anderen Kinder nach der Schule von ihren Eltern abgeholt wurden: Freude, Umarmungen, Küsse.

Adela ging allein nach Hause. Auf dem Heimweg malte sich aus, wie es wäre, auch einmal so erwartet zu werden. Sie hatte sich längst daran gewöhnt, weder auf liebevolle Worte noch auf Umarmungen zu warten. Nur an ihren Geburtstagen oder an Weihnachten konnte sie nicht umhin doch darauf zu hoffen.

Sobald sie zu Hause ankam, ging sie wie immer unverzüglich auf ihr Zimmer. Bis zum Überdruss hatte ihre Mutter ihr eingebläut: »Geh auf dein Zimmer, schließ die Tür ab und komm nicht raus, bis ich dich rufe«. Unter keinen Umständen.

Sie hatte diese flehende Aufforderung von klein auf an gehört und brav befolgt, sodass ihr dieses Ritual längst in Fleisch und Blut übergegangen war.

Sie war erst sieben Jahre alt, als er ihre Mutter umgebracht hat. Eines Tages, als sie vom Spielen heimkam, fand sie das Haus voller fremder Leute vor.

Ihre Erinnerungen an diese Zeit sind verschwommen. Nur das Bild ihres Vaters, wie er über den Sarg ihrer Mutter gebeugt weinte, ist ihr im Gedächtnis haften geblieben.

Sie war damals zu klein, um die mitleidigen Blicke der Nachbarn interpretieren zu können. Alle wussten, was bei ihnen zu Hause vor sich ging, aber in die Ehe anderer mischte man sich nicht ein.

Das war jetzt 12 Jahre her. Nun lag er im Sarg. Seine Schwester weinte leise. Adela schaute durch sie hindurch.

Ein Freund von ihm kam auf sie zu und sprach ihr sein Beileid aus. Ein gefühllos gemurmeltes »Danke«, mehr kam nicht über ihre Lippen.

In sich gekehrt saß sie auf einem Stuhl in der Ecke, und dachte an die Hölle, der sie entkommen war: die Prügel, die Schläge, einer nach dem anderen, bis sie sich nicht mehr rührte; die langen Ärmel im Sommer, um die blauen Flecken zu vertuschen; das häufige Fehlen in der Schule, bis die Verletzungen geheilt waren.

Es grenzt an ein Wunder, dass sie so viele Jahre überlebt hatte. Das letzte Mal hatte er sie beinahe totgeschlagen. Sie lag bewusstlos am Boden, doch er schlug weiter auf sie ein.

Eine Woche hatte sie daraufhin im Krankenhaus verbracht. In dieser Zeit hat der Gedanke Formen angenommen.

Zwei Wochen später, an einem Freitag, wartete sie auf ihn – in einer kleinen Gasse, von der Dunkelheit geschützt. Nach Mitternacht kam er schwankend aus der Bar. Die Straße war leer und schlecht beleuchtet. Sie trat aus dem Schatten. Das Messer fest im Griff.

Der erste Stich in den Rücken. Dann ein zweiter in den Bauch.

Das ist alles, voran sie sich erinnerte.

Die ganze Nacht hatte sie wach in ihrem Bett gelegen und gewartet, aber nichts passierte.

Erst bei Tagesanbruch klingelte es an der Tür. Zwei junge Polizisten – mit ernsthafter Miene – überbrachten ihr die Nachricht. Ausdruckslos sah sie sie an und nickte stumm.

***

Sie verließ das Bestattungsinstitut mit der Urne in einer Plastiktüte.

Bei Einbruch der Dämmerung trug sie den Müll hinunter.

Der Panzer

Mein Vater hat Kaninchen gezüchtet. Jemand hatte ihm ein kleines Stück Land überlassen, auf dem sich ein kleines Haus und ein Kaninchenstall befanden. Die Kaninchen hat er normalerweise an Nachbarn oder Bekannte verkauft. Aber von Zeit zu Zeit hat er eins mit nach Hause gebracht.

Sie waren immer noch am Leben und meine Mutter hat ihnen mit ein paar harten Schlägen auf den Hinterkopf das Genick gebrochen. Danach musste einer von uns ihr helfen, das Kaninchen zu säubern.

Wenn ich die »Glückliche« war, musste ich das Kaninchen an den Beinen festhalten, wobei der Körper kopfüber über ein paar alten Zeitungsblättern hing. Meine Mutter hat den noch warmen Körper mit einem scharfen Messer aufgeschlitzt und die Eingeweide auf zwei Stapel gelegt: Leber, Nieren und Lungen auf einen Teller, den Darm und den Rest hat sie einfach auf die schon schmutzigen Zeitungsblätter fallen lassen.

Obwohl die Luft bereits von dem fast unerträglichen Geruch nach Blut und Urin erfüllt war, ging meine Qual und die des Kaninchens weiter, denn als Nächstes kam das Häuten an die Reihe.

Mit meinen blutigen Händen habe ich die Beine des Tieres noch fester ergriffen, um zu verhindern, dass es durch die schweren Hiebe des Messers auf den Boden fällt.

Wenn meine Mutter dann endlich fertig war, habe ich mir wie besessen die Hände wund geschrubbt und die Küche fluchtartig verlassen. Um ehrlich zu sein, habe ich das alles damals nicht wegen des armen Tieres als so schrecklich empfunden, sondern wegen des üblen Geruchs und des ganzen Blutes.

Es wäre ebenfalls gelogen zu behaupten, dass ich Mitleid für die Kaninchen empfand.

Als ich klein war, gehörte Gewalt zu meinem Alltag und mein Panzer war viel dicker als heute. Glücklicherweise.

Menschen erziehen

Einen Menschen zu erziehen ist gar nicht so einfach, wie es scheint.

Die anderen Hunde im Park fragen mich ständig, wie ich es geschafft habe, ein so gut erzogenes Frauchen zu haben. Meine Antwort ist immer dieselbe: harte Arbeit und viel Geduld. Das ist mein Geheimrezept!

Wenn sie wüssten, wie viele Stunden ich in die Erziehung meines Frauchens investiert habe, sie würden es mir nicht glauben. Es ist harte Arbeit. Tagtäglich. Man muss äußerst aufmerksam sein und Fehler auf der Stelle korrigieren. Und Geduld benötigt man, unendlich viel Geduld. Alles muss wiederholt werden. Ein-, zwei-, drei-, viermal ... bis es sitzt.

Es gibt allerdings Dinge, die mein Frauchen ziemlich schnell gelernt hat. Sie weiß zum Beispiel schon, dass sie mich hinter den Ohren kratzen soll, wenn ich brav im Fahrstuhl "sitz" neben ihr mache. Und wenn ich beim Spazierengehen neben ihr hertappe und sie anschaue, sollte ich ein Leckerli bekommen. Macht sie es sich auf dem Sofa bequem und ich lege meine Pfote auf ihr Knie, erwarte ich, dass sie mir die Brust streichelt.

Das sind zwar nur Kleinigkeiten, aber sie können den Unterschied zwischen einem guten Zusammenleben und einem andauernden Kriegszustand zwischen uns ausmachen.

In letzter Zeit arbeite ich an ihrem Verhalten bei unseren Spaziergängen. Sie sollte einsehen, dass, wenn ich etwas Essbares finde, ich es ruhig verschlingen darf. Man, ist das anstrengend!

Ich gebe es ihr immer wieder zu verstehen, aber sie begreift es einfach nicht. Sie versucht jedes Mal, mir meine Schätze zu stehlen. Sie reißt mir sogar das Maul auf, um sie mir zu entziehen. Glaub mir: Ich bin mit meiner Geduld am Ende!

Zumindest konnte ich ihr beibringen, mich mit einem Leckerchen zu entschädigen, wenn ich unter Zwang ausspucke, was ich mit großer Mühe entdeckt habe. Ein kleiner Schritt zum Erfolg.

Mein Frauchen ist zwar grundsätzlich ein guter Mensch, aber sie hat auch so ihre Macken.

1. Sie lässt mich beinah verhungern.

Zur Essenszeit starre ich jeden Tag aufs Neue ungläubig in meinen Fressnapf. Soll das ein Scherz sein? Wie soll ich mit so wenig Futter überleben? Gelegentlich gibt sie mir ein paar Nudeln oder, wenn sie besonders spendabel ist, ein klitzekleines Stückchen Fleisch. Und obendrein erwartet sie auch noch von mir, dass ich ihr dankbar dafür bin. Also wirklich.

2. Sie ist außerordentlich starrköpfig.

Z. B. wenn ich einen anderen Weg einschlagen will, um einer neuen, interessanten Duftspur zu folgen, weigert sie sich grundsätzlich, mir zu gehorchen. Ich ziehe an der Leine, aber sie bewegt sich nicht von der Stelle. Stur wie ein Maultier. Unglaublich.

3. Sie hat seltsame Anwandlungen.

Sporadisch schleift sie mich zu sadistischen Sitzungen, bei denen ich von einer fiesen Nadel gestochen werde und ein Thermometer in den Hintern geschoben bekomme. Ich bin dort niemals einem fröhlichen Hund begegnet. Alle werden hysterisch. Was ich nachvollziehen kann.
Glücklicherweise sind diese Besuche selten. Ich bewahre die Haltung, aber bei der erstbesten Gelegenheit — eine halbgeöffnete Tür — und ich mache mich aus dem Staub. Nur raus aus diesem Horrorhaus.

Auf meiner Liste »verbesserungswürdige Dinge« halte ich fest, was ich in Zukunft noch alles mit meinem Frauchen erarbeiten will. Zum Beispiel:

- Häufigere Spaziergänge (dreimal pro Tag frische Luft ist einfach zu knapp bemessen).
- Viel mehr Streicheleinheiten bekommen (vorzugsweise im Bauchbereich).
- Auf dem Sofa schlafen dürfen. (Das könnte schwierig werden. Aber, hey! Nichts ist unmöglich.)
- Zweimal im Monat einen Ausflug in die Berge (mindestens!)
  ...

Die Arbeit eines Hundes ist nie getan. Wau.